读诗·陶渊明

陈玉圃　书法
陈文璟　疏讲

文化艺术出版社
Culture and Art Publishing House

新思想系列丛书序

“新思想”指示的只是一种新的文化态度，或者是对“道统”认知的回归。

经过一个多世纪的学习和借鉴，我们已经能足够流畅地使用西方文化中的各个标准，不需要再像五四文化先驱那样极端排斥传统。他们有他们的无奈，一个多世纪的被动挨打，中华民族的生存是首要问题。更重要的是他们的国学底子都非常雄厚，因此他们的反传统，其实只是借用极端的手段来根治晚清一个多世纪的腐败文风。这种情况在章太炎、胡适、鲁迅、陈寅恪、梁漱溟等近代文化代表身上都可以发现。无论他们言辞如何激烈，“在安身立命之处，仍旧是传统的中国文人”（傅斯年语，参见《胡适日记》）。

我们要学习和继承五四文化先驱的使命和责任，但学古人并不意味着完全追随古人。洞山和尚对于老师的态度是“半肯半不肯”。问：“为何不全肯？”洞山曰：“若全肯，即辜负先师也。”我们再不能盲目地从西方寻求真理，五四文化先驱们的饮鸩止渴在今天已经不适合。治重症的猛药不能老吃，否则不仅治不了病，反而会夺去我们的生命。

“新思想”对应的就是新文化，虽然都是文化态度，不过彼以破，我以立；彼以攻，我以守。本着“至诚”的心态重新认知传统文化，本着“创新”的精神为重新实现文化兴国的重任、实现中华文化的伟大复兴贡献微薄之力。

因此，本套丛书所指示的“新思想”就是文化态度，更是“止于至善”的道德追求。或许在今天西学泰盛的时代，这种呼声很微弱，很可笑，但我们相信一定会成功！因为，子曰：“德不孤，必有邻！”

编辑说明

陶渊明（365—427），浔阳柴桑（今江西九江）人。他是我国历史上第一流的文化人，性情高逸，诗文俱佳，行文流畅自如，意境自然脱俗，为人得“穷则独善其身”的节操。

贫困潦倒的陶渊明最喜欢饮酒，经常是酩酊大醉，然后快意高歌。因为他是“真”心喝酒，所以能以酒会“真”，醉倒在如露亦如电的人生之中。似醉非醉之间，恰也看到世间原来惟恍惟惚，于是有所悟，有所体会，是以为文为书，都能从心所欲不逾规。他的诗纯净自然，不仅自己得到了大利益，更可以供历代的失意文人、风流墨客流连其间，得到足够的抚慰。

所选的诗只是陶诗中的小部分，但通过对它们的解读，我们或许可以基本了解陶渊明的情趣和修养、生活和情操。一叶落而知天下秋，“真”心读诗的人不用通读诗词全集就能了解诗人，但这还不是我们做这本书的缘故。见贤思齐，才是我们选读这组诗的根本目的。

不足之处，还请方家指教。

书法作者简介：

陈玉圃，1946年生于山东省济南市。少年时师从著名山水画家黑伯龙先生与陈维信先生，1976年任教于曲阜师范大学艺术系，1980年考入广西艺术学院，为黄独峰教授的研究生，毕业后留院任教。1993年起任广西艺术学院教授、广西师范大学艺术系教授、南开大学东方艺术系教授、硕士研究生导师。中国美术家协会会员。擅画山水兼作花鸟及简笔人物，格致简淡，主张画道无为。已出版多种个人画集，并著有《山水画画理》、《国画写意四君子》、《南田画跋解读》、《荣宝斋画谱》、《樗斋诗丛》、《樗斋画谭》等著作。

画像作者简介：

李宏禹，祖籍山东，1972年10月出生于黑龙江，1999年毕业于南开大学东方文化艺术系中国画专业，师承范曾、陈玉圃、杜滋龄先生。现任职于人民美术出版社。画室名阿兰若精舍。出版有《李宏禹画集》。

目录

代序：五柳先生传

陶渊明

先生不知何许人也，亦不详其姓字，宅边有五柳树，因以为号焉。闲静少言，不慕荣利。好读书，不求甚解；每有会意，便欣然忘食。性嗜酒，家贫不能常得。亲旧知其如此，或置酒而招之。造饮辄尽，期在必醉；既醉而退，曾不吝情去留。环堵萧然，不蔽风日，短褐穿结，箪瓢屡空，晏如也。常著文章自娱，颇示己志。忘怀得失，以此自终。

赞曰：黔娄之妻有言："不戚戚于贫贱，不汲汲于富贵。"其言兹若人之俦乎？衔觞赋诗，以乐其志，无怀氏之民欤？葛天氏之民欤？

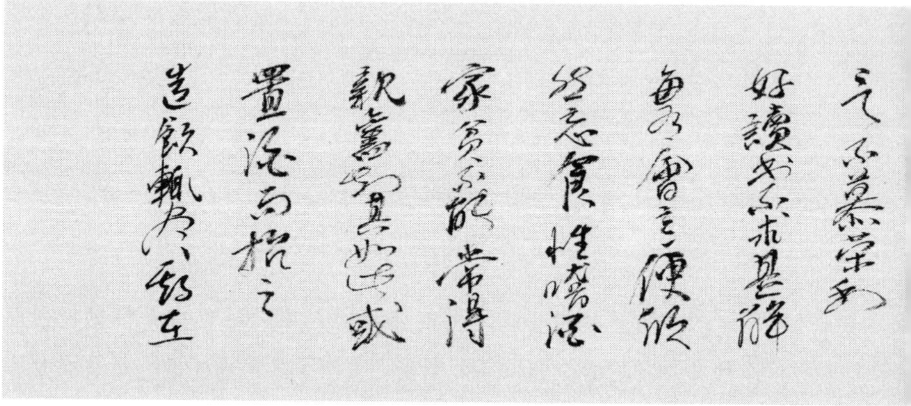
之不慕榮利
好讀書不求甚解
每有會意便欣
然忘食性嗜酒
家貧不能常得
親舊知其如此或
置酒而招之
造飲輒盡期在

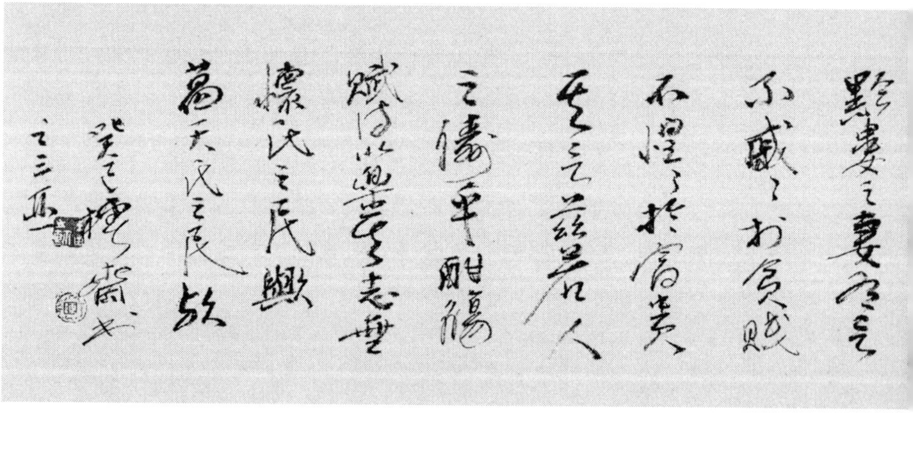
黔婁之妻有言
不戚戚於貧賤
不汲汲於富貴
其言茲若人
之儔乎酣觴
賦詩以樂其志無
懷氏之民歟
葛天氏之民歟

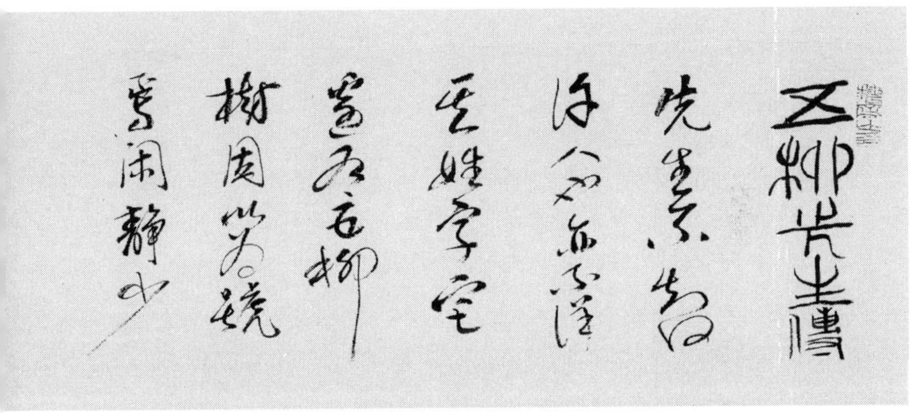

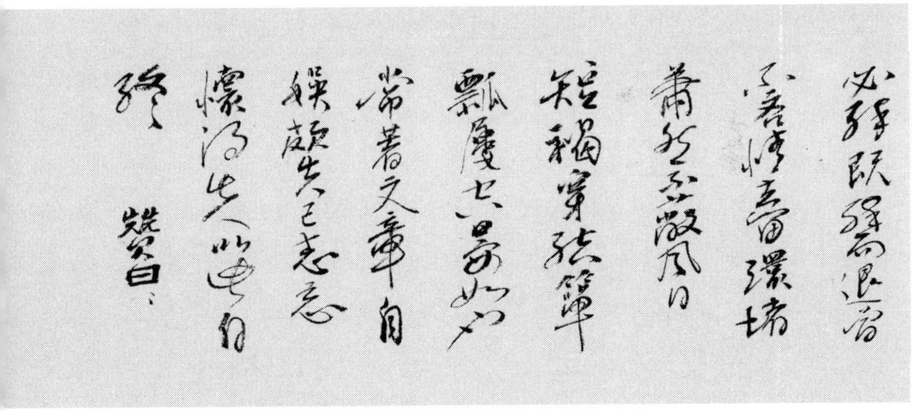

《五柳先生传》

饮酒二十首

余闲居寡欢，兼比夜已长，偶有名酒，无夕不饮。顾影独尽，忽焉复醉。既醉之后，辄题数句自娱。纸墨遂多，辞无诠次。聊命故人书之，以为欢笑尔。

【品读】

夜长无赖，以酒为寄，非好之也，聊以为友，中心摇摇，人生如梦，感慨即多，遂成诗歌。非珍之也，聊以开怀。故诗所以言志，歌所以畅怀，《饮酒》二十，乃陶氏借题发挥，说是以醉眼看世人，却不知是世人醉，还是诗人醉，彼此颠倒梦想，南辕北辙，遂不能“之子同归，宜其家人”。痛乎哉？痛乎哉！所以饮酒，所以命故人书之，非惟开怀自娱，亦当借此聊诉衷肠，令后人知我所忧，同我所忧，解我所忧而已！

其一

衰荣无定在，彼此更共之。
邵生①瓜田中，宁似东陵时。
寒暑有代谢，人道每如兹。
达人解其会，逝将不复疑。
忽与一觞酒，日夕欢相持。

【注释】

①邵生：秦末汉初人物邵平。《史记·萧相国世家》记载："召平者，故秦东陵侯。秦破，为布衣，贫，种瓜，长安城东。瓜美，故世俗谓之东陵瓜。"召，通邵。

【品读】

这首诗是《饮酒》系列的总纲。达人饮酒，理会的是"人道"，"人道"就是"天道"，这是陶渊明为人为文的根本。

衰、荣之间的关系不仅对立，更有一种相互转换和相互依赖。秦朝的东陵侯可以是新朝的瓜农，汉朝的王侯也曾经是秦朝的下民。变化从来都是一种循环，世界不可能永远向上、向前。衰、荣，祸、福之间的平衡是大学问。明白其真实含义的人大概只有麻姑这样的神仙吧？

不过，瓜农召平的瓜也特别甜，大将樊哙还是一样也没文化，个体的心性其实没有什么特别的变化，变化的只是表相。达人明白“天道不亲”的道理，一切事物就随它变化，我随遇而安，平衡好内在心态，就可以平衡整个世界。对此不要有什么怀疑，更不能怨天尤人。且不说事物的变化有因必有果，从变化的本身来说，它也是一个世间常态。贪著其事就是不明道理。当然了，世界上能有几个人懂得这个道理，又有多少人能理解这个道理呢？

陶渊明当然明白这个道理，所以会说：“今我不述，后生何闻哉？”（《有会而作》）写诗作文，本来也是虚幻，但以幻修真，却是圣人的遗训。子曰:“志于道，据于德，依于仁，游于艺。”文艺欣赏、创作的标准在此已经说得很透彻，为文载道，由文入道，即文即道，这才是作文的根本。

明白了就得实践，理想付诸实践却会有很多痛苦和阻碍，怎么克服？陶渊明说“忽与一觞酒”，对他来说，饮酒就是一种抗争。表面上的贪杯实则是为了精神上的自由和快乐。“道不可须臾离也”的快乐并不是每一个人都能理解，但生活就是这个样子，我的快乐来自于对物相的解脱。

所以，《饮酒》其实是在“言道”。会读诗的人一定要反复吟诵诗句，仔细品味其中的含义，多读一遍，往往会多理解一点，可以一点点完善我们对“道”的理解和体会。这种感觉其实就是孔子说的“学而时习之，不亦悦乎”的幸福，也正是陶渊明饮酒的快乐。

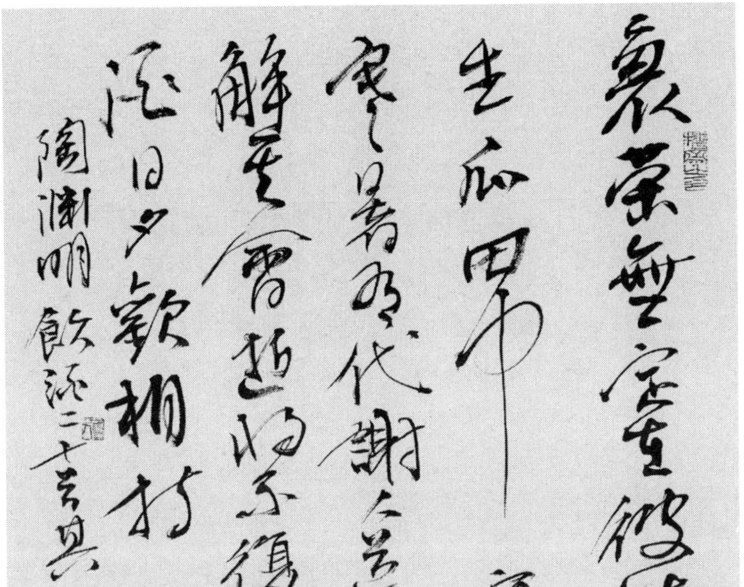

《饮酒二十首》（其一）

其二

积善云有报，夷叔[1]在西山。
善恶苟不应，何事空立言。
九十行带索[2]，饥寒况当年。
不赖固穷节，百世当谁传。

【注释】

①夷叔：伯夷、叔齐。《史记·伯夷列传》记载："武王已平殷乱，天下宗周，而伯夷、叔齐耻之，义不食周粟，隐于首阳山，采薇而食之。"

②九十行带索：指古隐士荣启期。荣年九十，甚贫，以索为带。

【品读】

前面讲了"天道无亲"，这里继续讲"常与善人"。

陶渊明所处的时代，对于道德和伦理价值的质疑成了一种习惯，例如嵇康（223–262）说："六经以抑引为主，人性以从欲为欢，抑引则违其愿，从欲则得自然。"嵇康说得太极端，真正的自然不是纵欲，而是天道和人道之间的平衡。"六经"的作用就在于让我们了解人生，维其平衡，才可以在天地古今之间往来自由。事实上嵇康心里也明白，临死托孤于山涛，希望孩子做一

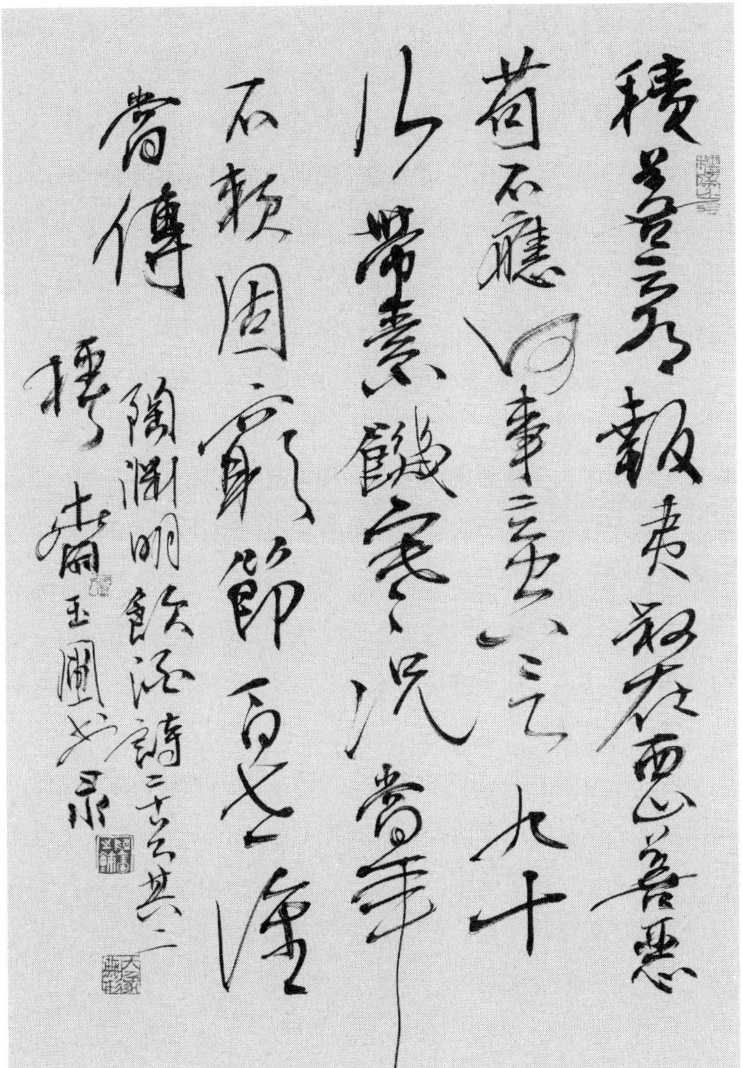

《饮酒二十首》（其二）

个遵守道德礼仪的人。而他只是被那个时代反传统的“势”绑架了，也算是文化发展中的一个悲剧。

陶渊明没有这样的困惑，他独善其身，并且非常自豪，认为没有这样的操守，文化的传承都是问题。既然他自己满足于自己的选择，我们又何必叹息他的不能荣华富贵，认为他会因为贫穷而有深怨呢？庄子说被用来祭祀的神龟不会觉得荣幸，它会怀念在泥塘里摇摆尾巴的快乐。

一般人觉得伯夷、叔齐饿死首阳山下，真是受了委屈，但孔子却说：“求仁得仁，何所怨也。”没有境界的人总是喜欢用自己的标准来衡量道德高标的人，没有道德上的高尚追求、文化传承的真正信仰，一个人就会缺乏看透事物本质的慧眼。刘伯温看不起韩林儿，说：“牧竖子耳，奉之何为！”一般人是不能跟他说太高深的道理的，所以子不语“怪力乱神”，并不是否定它们，而是因为说了也不会有人相信，搞不好就成了迷信，反而影响了真正的学习。

人类不同于野兽，“弱肉强食”的丛林法则也不适合我们。我们能放下利益的追求而去寻找精神的归宿。妥协才是人类最伟大的品质，它克制了欲望，控制了能力，使人类的精神获得了升华。这就是道德的力量。有信仰的人才有真正的力量，能舍弃欲望的人才能最终完善自己的人性。

伯夷、叔齐、荣启期是陶渊明的榜样，陶渊明是我们的榜样，一个民族的文化传承，不就是靠着这一代又一代的“善人”吗？原来，善人即是天道。

其三

道丧向千载，人人惜其情。
有酒不肯饮，但顾世间名。
所以贵我身，岂不在一生？
一生复能几，倏如流电惊。
鼎鼎①百年内，持此欲何成！

【注释】

①鼎鼎：形容小人物得势发舒。《礼记·檀弓上》曰："鼎鼎尔，则小人。"

【品读】

人生百年，做人做事，无非是"义利"之间的选择。世俗人注重名声、利益的得失，拔一毛而不肯利天下，孔子的"克己复礼"对他们来说就是鬼话连篇。人不我信，则孔子的理论再怎么正确也没有用。

是以陶渊明感叹孔子之后的一千年里，世风日下，不仅没人对理解和落实"道统"的责任感兴趣，甚至连悟道的心思都没有。没有缘起，哪里会体会性空？每个人都看重自己的身体、情绪得失，以自我为中心，则天下还能保持淳朴真挚的风气吗？陶

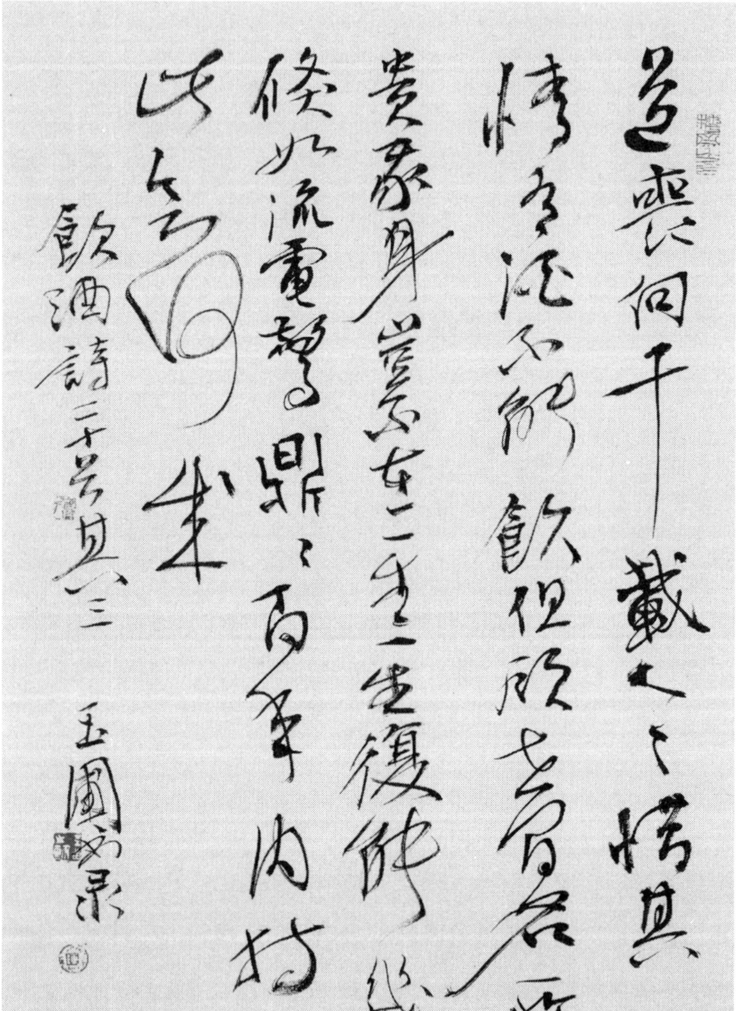

《饮酒二十首》（其三）

渊明身在江湖而心忧天下，变“天下无道”为“天下有道”的文化诉求在他来说其实非常强烈和执着。

世俗人安于所谓的享乐，一如醉酒的人自我麻醉，仿佛是一种自得，实则是更深层次的堕落。饮鸩止渴，没有不最终失败的。陶渊明有感于斯，但显然他只能猜中结果，却没有办法左右过程，只能眼看着世俗中人陷溺越深，以梦幻为真实，实在是为之凄然，故而大声疾呼之，不过是想着唤醒梦中之人，了解物质欲望的虚幻，从而摆脱痛苦，回到真实清静的世界。

陶渊明作为中国文化的一个先觉者，已经敏锐地察觉到“得君行道”的不可行，却也不愿意学习阮籍那些人，名义上洒脱自如，实则是苟全性命的自了派。他觉得有责任有义务大声高呼，说不要再浪费时间了，百年一弹指，如果不好好修行，恐怕什么都来不及做了。伊尹说：“天之生斯民也，使先知觉后知，使先觉觉后觉，予，天民之先觉也，非予觉之而谁也？”孔子也说：“天之未丧斯文也。匡人其如予何?”

我一遍遍读这首诗，感受陶渊明的迫切。陶渊明宛如那拯救山火的鹦鹉，以羽毛蘸水来回救火，不是别的原因，只是因为曾经在此山居住，不忍心看到它被山火摧毁。所以，这首诗表达的是“仁”，字里行间，陶渊明对于世人的仁爱之情溢于言表，甚至有些口不择言，其肺腑之心，卓然可见，令人读之不免伤感。

其四

栖栖失群鸟，日暮犹独飞。
徘徊无定止，夜夜声转悲。
厉响思清远，去来何依依。
因值孤生松，敛翮[①]遥来归。
劲风无荣木，此荫独不衰。
托身已得所，千载不相违。

【注释】

①敛翮（hé）：收敛翅膀。翮，鸟的翅膀。

【品读】

满世界的人都在梦幻之中，你骗我，我骗你，先知先觉的人反而因为清醒成了异类，更可怜的是他们不仅要承担文化传承的责任，更要忍受寂寞和误解，这就是他们的命。

“少无适俗韵”的陶渊明所处的那个时代风气败坏，太多人都以攻击传统伦理、放弃文化责任为乐事。例如孔子后代孔融都说：“父之于子，当有何亲？论其本意，实为情欲发耳。子之于母，亦复奚为？譬寄物瓶中，出则离矣。”孔融之死，肯定不是没有原因的，质疑父子（母子）之间的伦理关系，可谓真正的斯

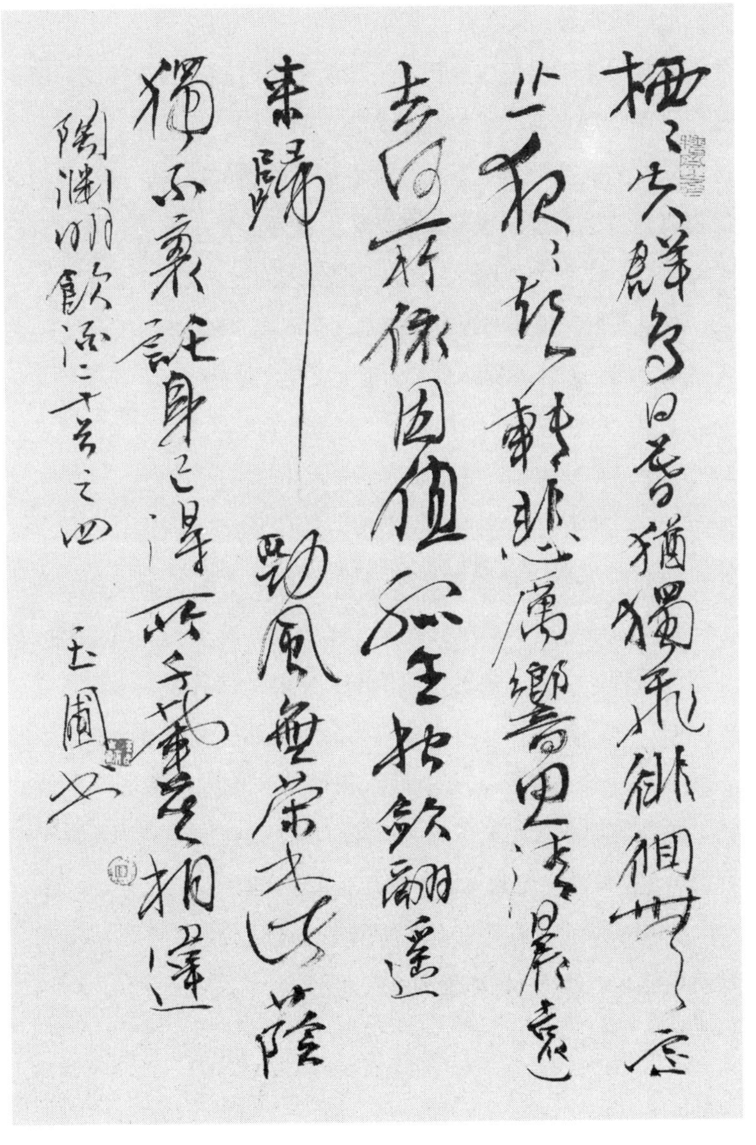

《饮酒二十首》（其四）

文扫地。人在做，天在看，人真以为可以欺天吗？

近代以来，我们也经历了一段类似的时期，对于传统的嬉笑怒骂更甚于魏晋。我们放弃了文化上的信仰，生活唯一的目标成了追求物质利益的满足。礼义廉耻成了挣钱的招牌，这让陶渊明情何以堪？例如现在很多人搞茶艺、画室、读经等等，都说自己是在振兴传统文化，但缺乏文化信仰的人能振兴文化吗？

且从我最熟悉的书画领域谈谈这个现象，现在很多金融资本进入书画市场，都打着资助艺术、做大文化产业的旗帜，结果是文化受到了更大的伤害，他们却获得了足够的利益。之所以这样，是因为他们缺乏足够的文化信仰，更没有对自己职业的尊重，所为不过是为了一时的荣耀和利益，伤害的却是永远的精神财富。

陶渊明无视于环境的恶劣，虽然“弱年逢家乏，老至更长饥。菽麦实所羡，孰敢慕甘肥”（《有会而作》），他却秉持着“先师遗训，余岂之坠”（《荣木》）的文化理想，固穷守道，以颜回、原宪为榜样，对道德仁义的文化标准表达了至死不渝的志向。这才是陶渊明，一个敢于担当的文化人。清醒不是他的错，而他的任务是让更多的人清醒，庄子说这样的行为无异于螳臂当车，但既然生之为人，还能有别的选择吗？

安贫乐道的前提是忠贞于所信仰的文化价值，不做墙头草，做劲风之下的青松。这体现的是“义”。

其五

结庐在人境，而无车马喧。
问君何能尔？心远地自偏。
采菊东篱下，悠然见南山。
山气日夕佳，飞鸟相与还。
此中有真意，欲辨已忘言。

【品读】

悟道之后，是什么样的感觉？玄奘法师说："如人饮水，冷暖自知。"

王国维说这首诗体现的是"无我之境也"，"以物观物，故不知何者为我，何者为物"。又说这首诗好在"不隔"，就是说作者热爱自然，融入自然，写时若不经意，自肺腑中流出，而读者不自觉地也被带入了这个境界。但是个境界仅仅是与自然融合吗？在我看来，王国维还是隔了一层意思。

因为他过于注重陶渊明诗文里的"无我"，却不知陶渊明实则是要"有我"。"我"遍布虚空宇宙，自得其乐，才能有"欲辨已忘言"的境界。同时这个境界也不仅仅是"有我"，而是处处是"我"。类似于王艮悟道之后，大喜，说："原来满大街都是圣人。"没有分别心，自然即我，所有的物相都成了通衢。陶

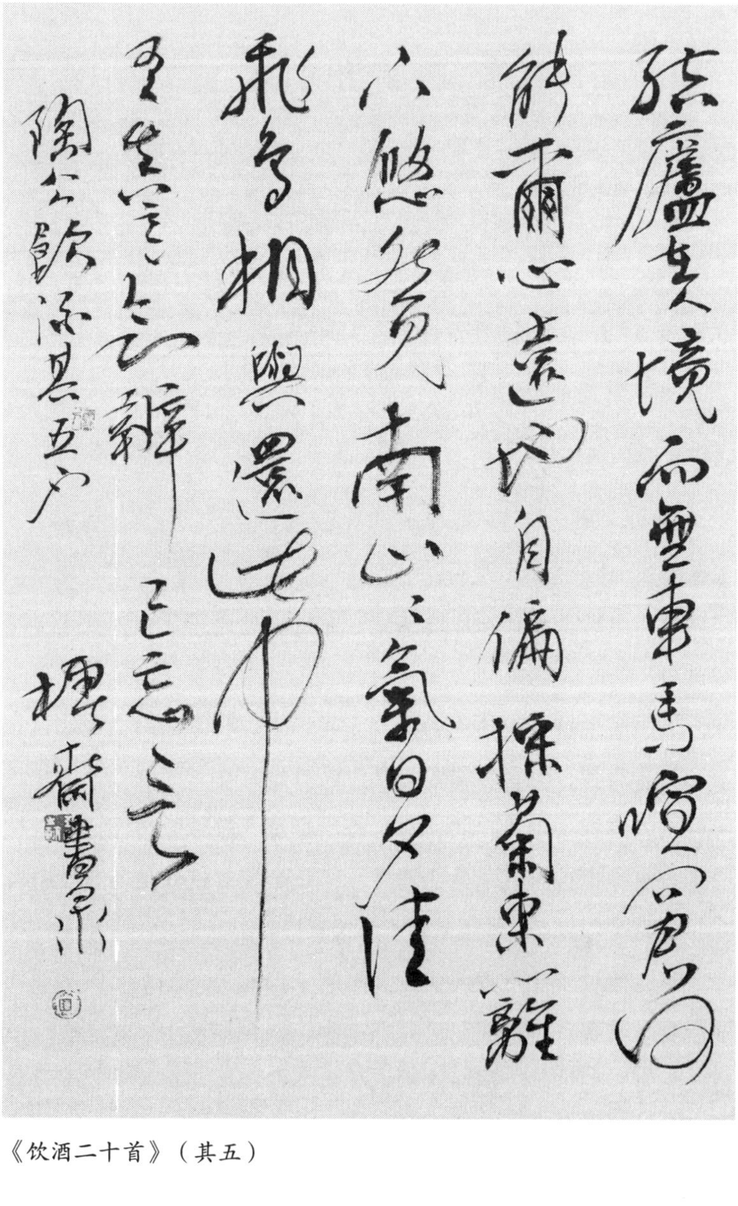

《饮酒二十首》（其五）

渊明下定决心“克己复礼”的时候，他大概也看到了这个境界，享受了这个境界，同时，他还想告诉我们这个境界。

因为他自己说了，“不为无益之事，何以悦有生之涯”，那么这种无益之事其实就不是无益之事，而是实实在在能让我们觉得不虚度此生的大事。则舍“道”为何呢？孔子说：“朝闻道，夕死可矣。”又说：“道也者，不可须臾离也。”这都是圣人最关切的文化认识，也是我们能从梦幻人生中幡然醒悟的钥匙，还有比它更重要的吗？

生而为人，即为群居动物，索隐而居，也不过是换个生活的圈子。因此所谓的隐，不过是逃离名利场而已，绝非离群索居，真的完全遁入深山修行，那是自绝其类，不值得提倡。孔子说鸟兽不可与同群，我们非鸟非兽，何必自甘堕落？所以陶渊明说“结庐在人境”，实则点出了人之为人的责任不在于抛弃人，而在于接近人、服务人。

同时，一首诗写起来如行云流水，则读起来也荡气回肠，如果内容上又尽善尽美，则就个例来说，已经是最高的文学境界了。因为，即知即行，即行即知，这才是最自由洒脱的精神状态。

其六

行止千万端，谁知非与是。
是非苟相形①，雷同共誉毁。
三季多此事，达士似不尔。
咄咄俗中愚，且当从黄绮②。

【注释】

①苟相形：胡乱对比。

②黄绮："商山四皓"之二：夏黄公、绮里季。陶以"四皓"避秦，自喻不仕桓楚。

【品读】

很多人肯定地认为艺术的标准应该是多元的，但孔子说："道二，仁与不仁而已。"艺术的形式美当然各有不同，但艺术的本质，也就是艺术的"是"与"非"还能有很多种吗？如果我们相信艺术也有其"道"，则它的标准肯定也是只有两种，一者向善，一者为恶；艺术如果是发自我们心性之上的情感表达，那么这种心性的认识还有古代、现代、未来之分别吗？人的价值观一旦混乱了，那么是非就容易分不清，以次充好就再所难免。

有人形而上，说艺术本质应该是无善不恶的，这是将艺术

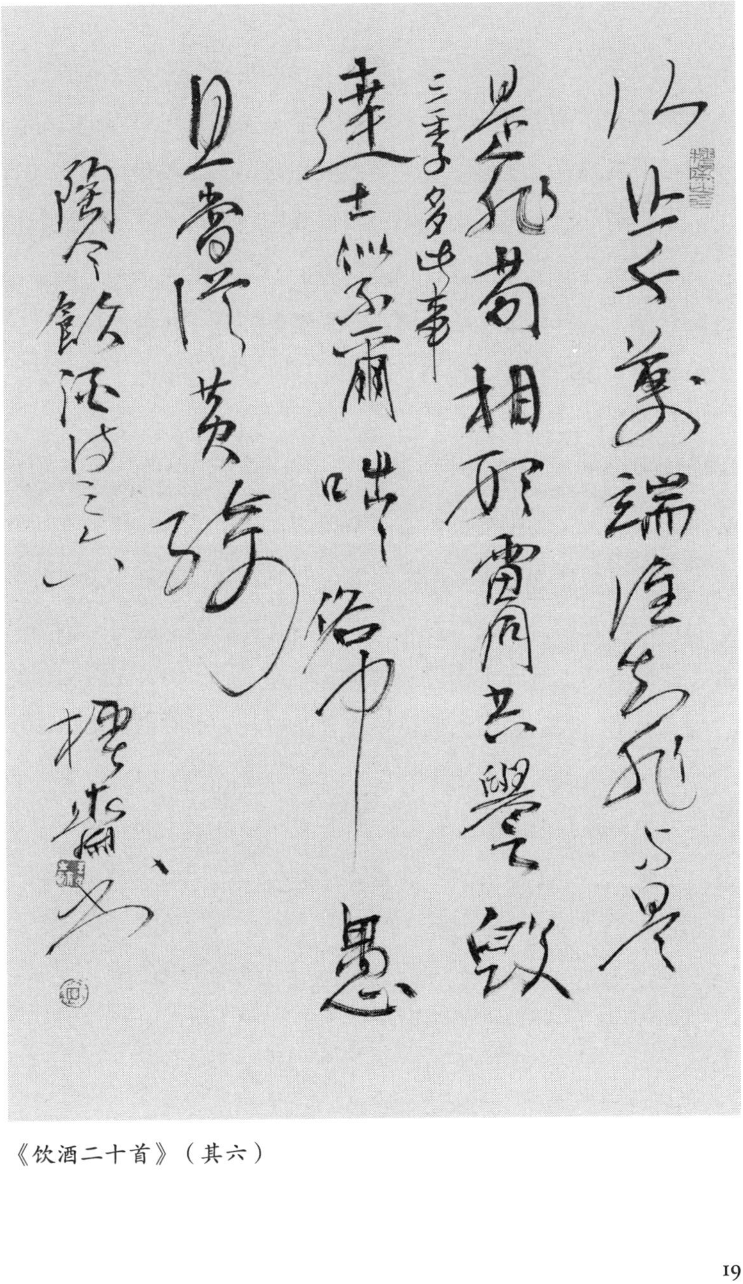

《饮酒二十首》（其六）

宗教化、玄学化。陶渊明嘲笑这些人说“是非苟相形，雷同誉与毁”，是非如果没有分别了，赞许和诽谤也就没有什么两样，真有人能有这样的境界吗？传苏东坡当年对佛印说可以不动心了。不动心，自然就无善恶，这是道的混沌状态，也是每个有志于道的人所期望达到的境界。佛印说“放屁”，东坡大怒，过江找佛印算账，佛印看见他就笑，说：“一个不动心的人，一个屁就把他打过来了。”东坡哈哈大笑。艺术也是如此，打着摆脱形式、追求精神自由的旗号，却刻意追求形式，甚至走形而上的路数，这显然不是真正的艺术。

宋人说“宁做太平犬，不做乱世人”，经历过战乱的人都珍惜和平的宝贵。身处俗世备受煎熬的文人更明白情操的高洁有多么重要。责任和义务之间游刃有余需要智慧，更需要忠贞的文化品格。真正的隐士会因为天下形势的变化而进退得宜。陶渊明批评殷浩破坏了坚守十年以上的清名混迹仕途，失败了还徒空写“咄咄怪事”，这是因为他还是没有弄明白人生究竟是为了什么呀！而汉初商山四皓拒绝了刘邦的邀请，却接受了辅佐汉惠帝的任务，使刘邦打消了废除汉惠帝的念头，避免了天下大乱，也是有功于天下。至于个人的那点清名，在乎它，其实又不是清名，而是虚名了。

读诗至此，陶渊明的志向还要说得太明白吗？

其七

秋菊有佳色，裛①露掇其英。
泛此忘忧物，远我遗世情。
一觞虽独进，杯尽壶自倾。
日入群动②息，归鸟趋林鸣。
啸傲东轩下，聊复得此生。

【注释】

①裛（yì）：沾湿。

②群动：各种物类活动。《文选》有曰："临下览群动。"

【品读】

对"秋菊有佳色"句，很多人赞叹不已，以为"洗尽古今尘俗气"。诗当然好，但低俗文人的夸张称许，往往让人有些排斥。对于陶渊明来说，本来无意于诗，不过是直抒胸中逸气，聊以自娱，至于是否能洗尽古今的俗气，貌似他不会有什么概念。在是非颠倒的世界，人首先要管好自己，独善其身，其实比令天下人趋善更为迫切。

所以菊花的佳色不在于色，而在于秋。秋风起，百草黄，万木萧瑟，人心惶惶，菊花却能自我绽放，裛露迎风，令人有出尘

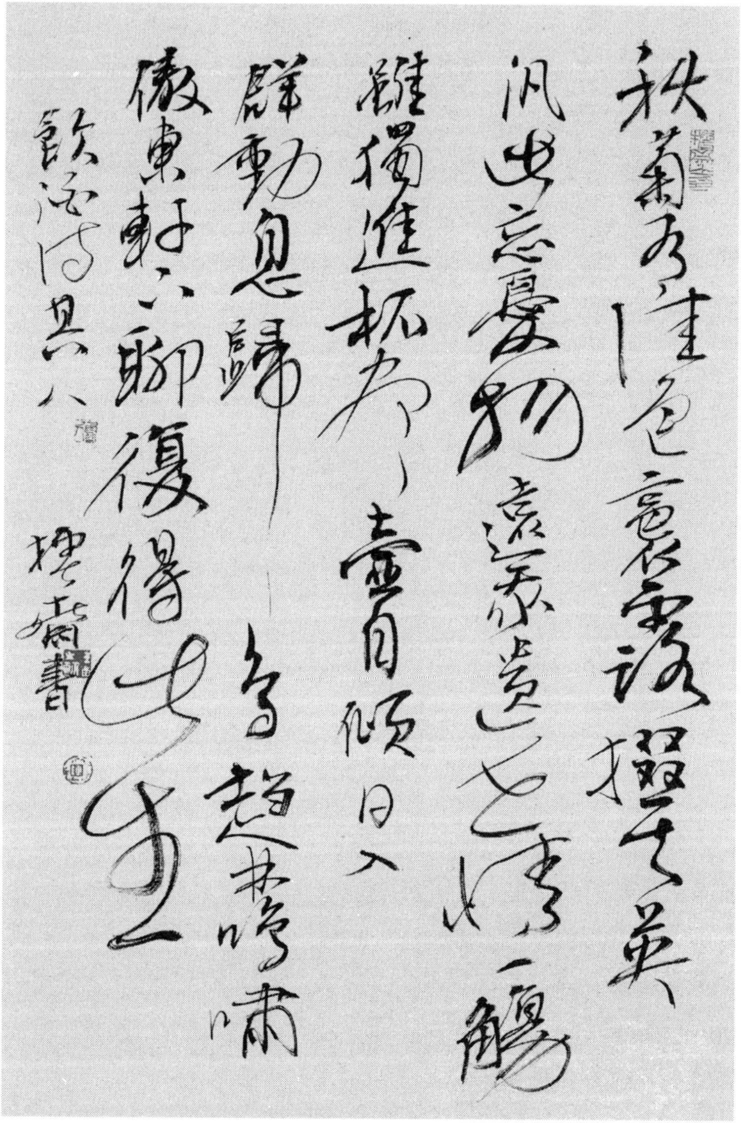

《饮酒二十首》（其七）

之想，则赞许其为花中君子，不是很合适吗？陶渊明自诩高士，世间无匹俦之人，见园中秋菊，而有知己在侧之感，不也是很自然吗？

自古以来，中国文化就赋予了万物平等的概念，精神往来反复于万千事物之中，形虽各异，本质相同。是以花草可以为神，转世也可以为人，人自然也可为草为尘，其能腾转挪移的关键在于天地之灵气。所谓的灵气其实就是“真”。俗话说，一念为善，天地为之欢欣；一念为恶，万物为之伤感。所以能如此者，即在于个人性情之“真”。是以看菊花生出高洁出世的情怀，不仅仅是菊花自身傲霜兀立的姿态感人，更有看花人自身性情的清雅无比，同声相和，然后才可以互相融合。这正是孔子说的：“德不孤，必有邻。”

只是人固然可以衰老，但心里总是有一展宏图的愿望。否则就不会有“冯唐易老，李广难封”的浩叹，更不会有姜太公垂钓金龙、廉颇不老的榜样。无论何时何地，文人要实现自己理想的迫切感总是很难消除的，陶渊明也曾数次出任公职，希望能实现理想。只是性格使然，不是这样的材料，所以只能辞职，只能失望，只能在觥筹交错之中纸上谈兵了。

唉，其实陶渊明何尝不明了自己的能力？只是心有所不甘，看着归鸟鸣林，日落西山，世界万物都在蠢蠢欲动！而他的努力，他的伤感，他的寂寞，却只能在东轩之下，与菊花同声相和，这真是太难以释怀了。陶渊明于是说：我就这么过一辈子吧！是自负还是失望，或者两者兼而有之，就看后人看到菊花时候的体会了。

其八

青松在东园，众草没其姿，
凝霜殄异类，卓然见高枝。
连林人不觉，独树众乃奇。
提壶抚寒柯，远望时复为。
吾生梦幻间，何事绁[1]尘羁。

【注释】

①绁（xiè）：捆索。

【品读】

东园是陶渊明自己家的园子，园子里有“青松”，杂草丛生的时候，看不出它的清秀挺拔。但秋风一起，杂草枯萎衰败之后，青松卓然自得的神态即脱颖而出。

有人说杂草当然是小人，小人就会淹没圣贤。“劣币驱逐良币”的道理自古有之。不怕神一样的对手，就怕猪一样的队友。我们文化中有一种甘于平庸的力量，试图去抹杀所有的“异类”，这就是孔子所厌恶的乡愿文化吧。

陶渊明认为自己不肯同流合污的本性宛如青松一样，“连林人不觉，独树众乃奇”。这明明就是说如果大家都这样子，还

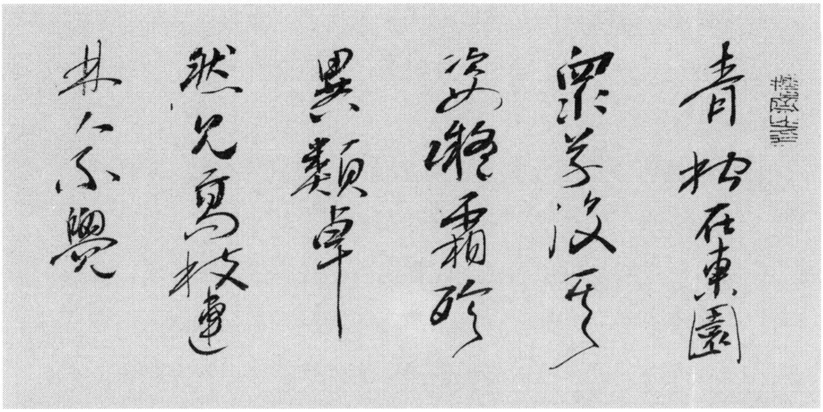

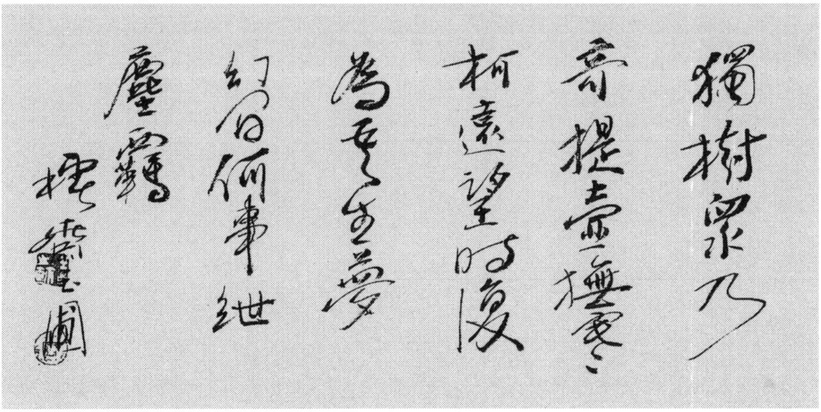

《饮酒二十首》（其八）

不可能显出自己来，只有众人都是趋俗，我自己避俗才能凸显出自己的珍贵来。这当然又是转着圈子重复孔子“岁寒，然后知松柏之后凋也”的意思，但他说得又形象，又切合自己的身份和节操，确实很有意思。

然而陶渊明毕竟生于斯长于斯，东园是自己的家，舍弃之于情于理都不通，虽然他向往无何有之乡、“不知魏晋”的桃花源，但目前也只能是想想而已，究竟还有一些事情没有完成。天生我材必有用，明白人都晓得自己的责任所在，不会推卸，只有勉力为之，死而后已。但清高遁俗的思绪竟然是这样难以割舍，时时都出现在自己的心中。“提壶抚寒柯，远望时复为”说的就是这样的感觉，对其难以割舍的依恋，恰恰是陶渊明对于自己理想的执着追求。我看有人说最后两句“吾生梦幻间，何事绁尘羁”显得突兀，大概就是因为解读的人没有从心里体会陶渊明的感受吧？既然不知道、不了解陶渊明的志向，仅从文字表面去分析，缘木求鱼，也就在所难免了。

其实谈及自己的经历，说起自己的理想不能得到及时落实，所有的人都会最后感叹：我的人生啊，什么时候才能走到尽头？什么时候才能返朴归真，彻底摆脱这个俗世的束缚呢？！

其九

清晨闻叩门，倒裳[①]往自开。
问子为谁与？田父有好怀。
壶浆远见候，疑我与时乖。
褴缕茅檐下，未足为高栖。
一世皆尚同，愿君汩其泥。
深感父老言，禀气寡所谐。
纡辔[②]诚可学，违己讵非迷。
且共欢此饮，吾驾不可回。

【注释】

①倒裳：表示急遽。用《诗经·齐风·东方未明》“颠倒衣裳”语：“东方未明，颠倒衣裳，颠之倒之”，形容匆忙而乱了顺序。

②纡辔（pèi）：放松马辔。以马辔松开、不能驰行，比喻人的出仕。

【品读】

志向终归是属于“知”的方面，有时候不免显得过于宏大，读者往往会有一种难以落在实处的感觉，因此不免想着能否将目标降低一些？古人却不然，一直强调“入门须正，立意要高”，

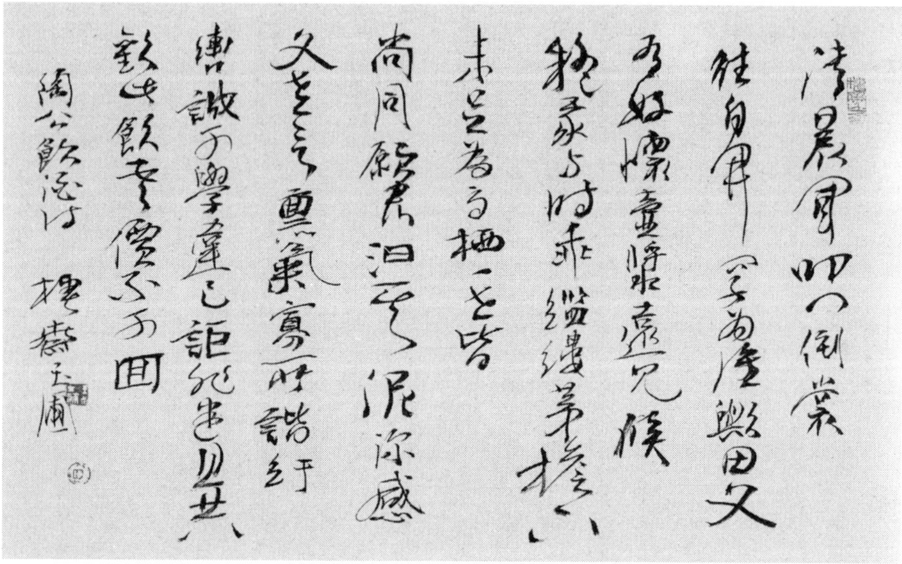

《饮酒二十首》（其九）

强调境界才是决定幸福的关键，而技法和实践不妨有些不足。恰恰是这个原因，才能促使我们不断地完善自己。否则低端的目标一旦实现，人就会失去方向，陷入迷惘。宋儒吕东莱说：“期于王者，止于王；期于霸者，止于霸。”他分析了齐桓公为什么达成了称霸的目标之后，丧失了继续奋斗的动力，耽于享乐。是以为人做事，乃至做学问，都需要志存高远，唯此才能保持一个谦虚谨慎、刚毅坚定的心态，可以拒绝诸多的诱惑，可以抵挡刺骨的寒风，富贵不足以令其骄，贫困不足以令其贱，从而能一始而终，自得其乐。

不过，令人遗憾的是境界有高有低，甚至境界高的人总归是少数，所以很多人看不到陶渊明的境界，徒以个人或者人间的标准来衡量祸福，是以才有热心的客人来访，他必然是陶渊明尊重或者有深厚感情的人，否则绝对不可能在大清早有人叩门的时候，连衣服都不能穿好，就去开门迎客。人在失意落魄的时候最伤感的事情莫过于所珍爱或者所依赖的人不能理解自己的选择，说不出来的痛苦会让人体会含笑不语的哀伤。陶渊明认为这个人或许会有相当好的情怀，大概正要感慨总是能有个人支持自己，却被当头一喝。这让陶渊明情何以堪？

陶渊明无言以对，又必须回答，但明白说再深的道理也无济于事，道不同不相为谋，于情感上又有所亲近，所以只能说自己的禀性如此，大概没有办法再回头。命就是这样的命，这是一种无可奈何的说辞。不过陶渊明真的是很孤独呀，他忍不住解释了一句说："违己讵非迷。"违背了自己心性的一切其实都是虚无的幻象，世人迷惑于物欲，不知道醒悟，饮鸩止渴，太可惜了。陶渊明真的是很尊重来客，他并没有辩解，指出对方的错误，只是自我调侃了下，其实也算是机锋吧，如果是会听的人，大概也能当下悟道吧？

可是客人并不理解，也没在意，一番苦心付诸流水，陶渊明也没有办法再就话题深谈，于是陶渊明只能说：我就这样了，不能回头了，咱们喝酒吧。再好的朋友，你说什么他都听不懂，没有感应的机缘，甚至客人是不是陶渊明的杜撰呢？是真有还是假有呢？会不会他为了写诗"想当然"出来的人物呢？

唉！说得太明白会有什么意义？那就喝酒吧！

其十

在昔曾远游，直至东海隅。
道路迥且长，风波阻中途。
此行谁使然？似为饥所驱。
倾身营一饱，少许便有馀。
恐此非名计，息驾归闲居。

【品读】

陶渊明说自己年轻的时候也曾经想着立功建业，只是这条道路真的是“既阻且长”，一个人生活如果为了温饱，其实只要不懒惰就可以了。自己家有足够的地，养活自己的口粮，稍微勤快点就绰绰有余了。为了名利，为了虚幻的东西伤害自己的身体，这究竟智慧不智慧呢？《大学》上说：“仁者以财发身，不仁者以身发财。”伤害自己的身体，呼吸致病的雾霾，为的是可怜的工资，或者所谓成功的机会，究竟是值得还是不值得呢？

陶渊明当然会说：“不值得，我就回家了。”

其实这层意义并没有说完，究竟为什么不值得，实际上并不是从利益的衡量角度去说的。魏太子碰见田子方傲不为礼，就质问他：“富贵者骄人乎？贫贱者骄人乎？”田子方说当然是贫贱的人才有资格傲慢，因为国君傲慢就会失去国家，富人傲慢就

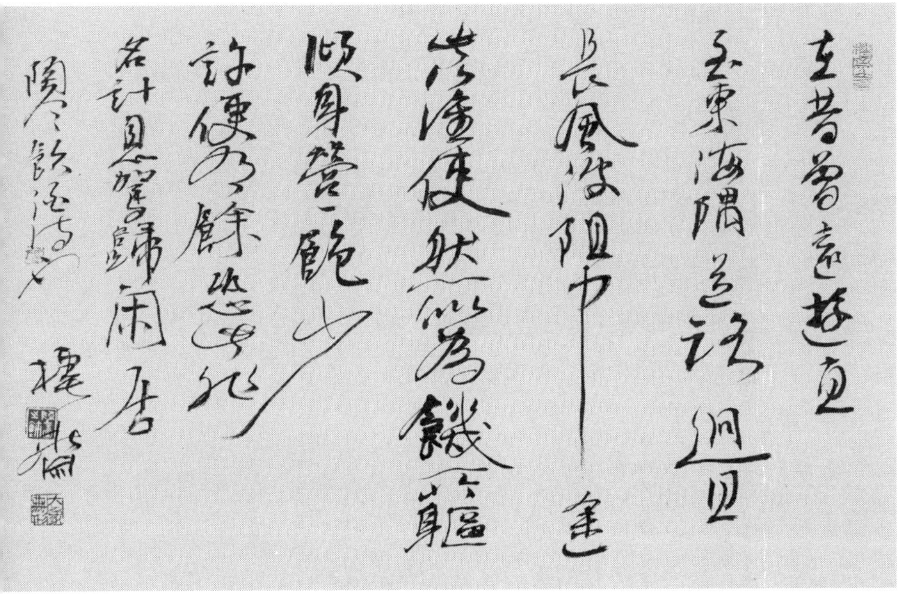

《饮酒二十首》（其十）

会失去财富，只有穷人什么都没有，彻底的无产者，则失去的只有锁链，得到的却是整个世界。这其实是一种调侃似的解读，对于富贵骄人的人也只能如此，可以说是以毒攻毒。求名的人最怕失去名声，求利的人最怕失去利益，求仁的人最怕背离道德。只是人生的理想固然可以有很多种，我关心的“仁”却可能不是你所能理解的，那么我就从你能理解的角度去引导你。田子方如果也斤斤计较于利益得失之间，恐怕就不会为帝王师还能安然地过着贫困的生活，身上甚至还穿着有补丁的衣服了。这是因为他所在意的其实是道，于道面前，什么功名利禄，富贵荣华，都是粪土。庄子笔下的仙人，根本对人间的一切都不关心，他身上的泥垢都可以成为尧舜这样的人物。则在这样的人生追求面前，谈利益得失有什么意义呢？

只不过众人愚痴，你跟他讲大的道理，他们会狐疑不信，以为是骗吃骗喝之徒。是以我说赏画读诗，其实就是在读自己，自己有多高，你能欣赏的画就有多高。真正的好画好诗就像好书，你每天读，都有新发现，你就会有新收获。你的境界超过了作者，他所要表达的一切你都已经掌握，则无论是画还是诗，还有什么意义呢？

陶渊明反正觉得没有什么意义，他看透了这个世界，至少自己觉得是这样子，所以他选择回家待着，做一个快乐的农民。穷点苦点都不怕，混一个睡觉踏实。脱去名利的缰索，谁知道他会不会得到更多呢？

其十一

颜生[1]称为仁，荣公[2]言有道。
屡空不获年，长饥至于老，
虽留身后名，一生亦枯槁，
死去何所知，称心固为好，
客养千金躯，临化消其宝，
裸葬何必恶，人当解意表。

【注释】

①颜生：颜回。

②荣公：安贫自乐的古隐士荣启期。

【品读】

上一首诗谈及陶渊明在放弃名利诱惑之后，究竟能得到些什么，这首诗紧跟着就是在解释这个问题，所以千万不要相信文化人的话，他们都喜欢绕弯子，你不好好想想他究竟是在说什么，那么你很容易就会失去他要说的真意。历代有文化的人大多如此，比如本来十分自负的人，偏偏写文字的时候总是说有不足之处，敬请指教，当你真的说这个不对，那个不好，他可能又会青白眼看人了。

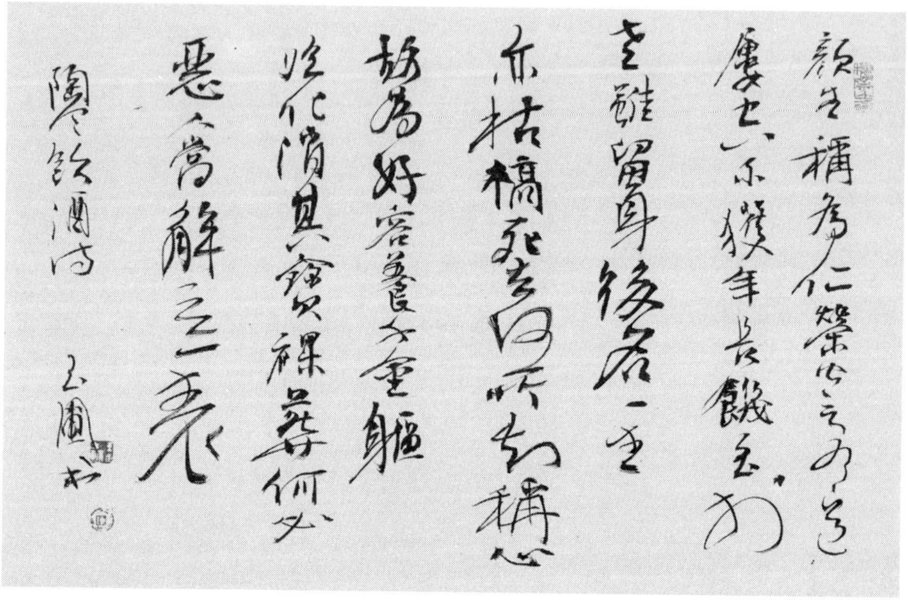

《饮酒二十首》（其十一）

陶渊明在题解里说自己的诗是语无伦次的，没有什么秩序的，可是二十首诗之间，总是有一个不变的文化信仰，此其一。其二就是上一首诗和下一首诗之间往往有着密切的关系。例如第九首客人来访之后的第十、第十一、第十二首之间是一种非常密切的衔接，即使不是刻意为之，但也不会语无伦次。一如庄子说自己的书全是荒滩之言，无边际之辞。但你能相信吗？你信了他，忽略了他，则你在文化修养的层面就损失了太多。有时候我就想，文化人真是太坏了，为什么不肯有话直说呢，你不说我怎么知道呢？总是让人猜谜语，生活到底累不累？

这就叫文化。不懂的人说其本质是虚伪的，真懂的人说其内涵是深刻。有一个朋友跟我聊起孔子，说她不喜欢孔子，认为孔子是虚伪的，人生有那么多欲望，他却整天压抑自己，克制自己，不是虚伪是什么？我说男人都是好色之徒，难道见个女人就可以上吗？“发乎情，止乎礼”你如果认可，那么孔子的“克己复礼”其实就不是虚伪，而是返璞归真。当然了，作为个人，尤其是今天的文化人，真觉得孔子虚伪，也没有什么关系，因为这个想法跟孔子没有任何关系，跟我都没有任何关系，道并行而不相悖。每个人心中的孔子其实是自己心性的假相，他是什么样，往往会说明你是什么样。陶渊明说有的人觉得颜回、荣启期这样的人矫情，穷成这样了还能自得其乐，是不是太假？而且一个人活着，快乐称心就好，死了以后是什么样子谁知道呢？为了身后的名声丧失今天的享受，还说什么颜回仁义，荣启期道德，仁义道德可以当饭吃吗？

庄子说猫头鹰吃田鼠，好不容易抓住一只，准备开始，结果头顶上飞过一只凤凰，猫头鹰很敏感，也很勇敢，对着百鸟之王大喝一声，这是我的午餐，谁都没有资格动。实际上凤凰非甘泉不饮，非梧桐不栖，怎么可能去抢猫头鹰的口粮？境界低的人不能用低标准去衡量高境界的人，否则就是摸着蜡烛说太阳的瞎子了。

陶渊明没有用庄子的寓言作例子，他说：“裸葬何必恶，人当解意表。”裸葬在古人来说是非常难得的境界，厚葬却是一种常见的陋习。其实人死灯灭，大千变化，皆有自己的规律，此处死，未必不是彼处生，此处生，未必不是彼处死，则生有何喜，死有何惧？一个人一生再怎么谨慎，吃香的喝辣的，最后火化的时候不都是灰烬？ 所以陶渊明恳切地说，要了解文字表面之外的意思，要明白我行为之后的深意。

只是他的一片苦心，客人未必能理解而已，后人也未必懂，但也只能如此了。

其十二

长公[①]曾一仕，壮节忽失时。
杜门不复出，终身与世辞。
仲理[②]归大泽，高风始在兹。
一往便当已，何为复狐疑。
去去当奚道，世俗久相欺。
摆落悠悠谈，请从余所之。

【注释】

①长公：汉张挚，字长公，官至大夫，以不能取容当世，终不仕。

②仲理：后汉杨伦，字仲理，志乖于时，去职，讲授于大泽中，弟子千余人。

【品读】

或许颜回、荣启期的例子还是没有说服力，陶渊明又用了两个相对于他是近代人的故事。颜回、荣启期毕竟年代久远，考据失序，是否真有荣启期这样的人都很难确定了，或许因此客人不信还有情可原。其实在今天的学术领域，没有足够的证据也是不能随便下结论的，证据不对，就算事实就是如此，很多人也保留

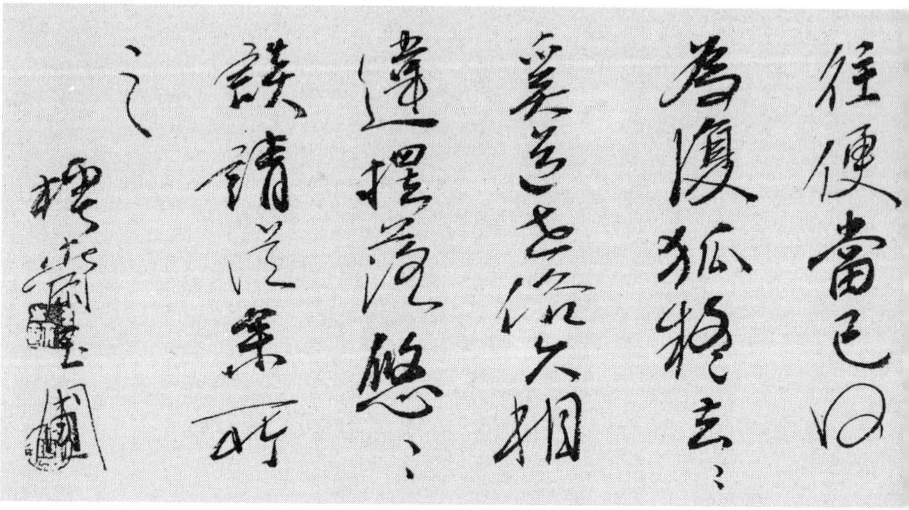

自己怀疑的态度。文化搞成了技术，学问做成了程序，世人居然还觉得这才是科学，才客观合理，据此我们人类可以人定胜天，这真是太自欺欺人了。陶渊明受不了这样的人，我其实也不喜欢他们。当然了，当年参加高考自己伪造文献证据的苏东坡应该比较怕他们，因为那样的环境下，苏老师只能回家去复读了。

长公是汉朝张释之的儿子，是个官二代，跟陶渊明有类似的地方，他曾经从仕，后来以“不能取容于世，故终世不仕”；仲理是汉代杨伦，曾经当过小官，但“志乖于时”，所以辞职回家搞教育，这跟陶渊明也有类似的地方。他们两个人所以能被人记忆，恐怕跟他们的志向，而不是当官与否有很大的关系吧！曹丕的《典论·论文》可能因为创作时间太近，陶渊明还没有读到，

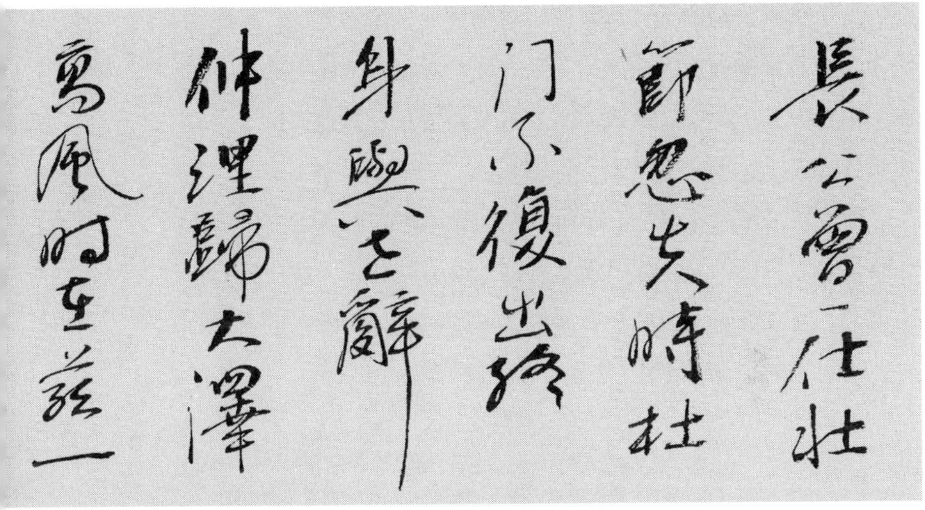

《饮酒二十首》（其十二）

但两个人恰好是在说一个道理：“年寿有时而尽，荣乐止乎其身，二者必至之常期，未若文章之无穷。”如果把文章改成“道德”或许这话就更加正确，因为太多的人并没有什么文字存世，一样被我们记忆，不过就事论事，也没有什么错误。

陶渊明就此论证说，如果下定了决心做一件事，例如我自己决意保持清高的节操，不能为了利益而丧失底线，那么就应该坚持下去，一条路走到头。佛教有句话，说：“制心一处，无事不办。”陶渊明说对此千万不要有什么怀疑，更不用反复地去论证，什么该做，什么不该做，世俗间的事情往往是你来我往，互相欺骗，为的不过是蝇头小利，不值一提。有人说“一往便当已”数句应该是在讽刺仲理反复出仕，对于长公仲理是一褒一贬，这个见解太高明了，比陶渊明还陶渊明，了不起啊。可陶渊明为啥又赞许仲理说“高风始在兹”呢？对自以为高明的人，陶渊明实在失去了耐心，他说：不要再空口莲花，长篇大论了，就让我自己选择自己的道路吧！

所以“请从余所之”，不可能是让别人跟着自己走，应该是让我自己走自己的路。如果读者有自己的不同意见，就让我们和而不同，互相尊重，没有必要非得认可我的对，或者一定说你的对，我们都对，各自圆满，快乐幸福就好了。

其十三

有客常同止，取舍邈异境。
一士常独醉，一夫终年醒，
醒醉还相笑，发言各不领。
规规①一何愚，兀傲差若颖②。
寄言酣中客，日没烛当秉。

【注释】

①规规：见小怕事貌。《庄子·秋水》有曰："规规然，自失也。"

②差若颖：较似聪明。

【品读】

所谓"客"，就是自己的良知。良知是完善的"道"，人却很难有完善的人，人成为圣贤的道路就是一个不断完善自己的过程。虽然知道结果，但修行上做不到，其实两者还是有差异。不是说我信佛了，就可以做到五戒，人非圣贤，孰能无错？所以这个拟人化的"良知"跟现实中的"我"在取舍上有非常矛盾对立的一面。

陶渊明十分擅长这样的手法，写《五柳先生传》就是自己跟自己说话。人都是高处不胜寒，听不到他人的真心话，只能自己跟自

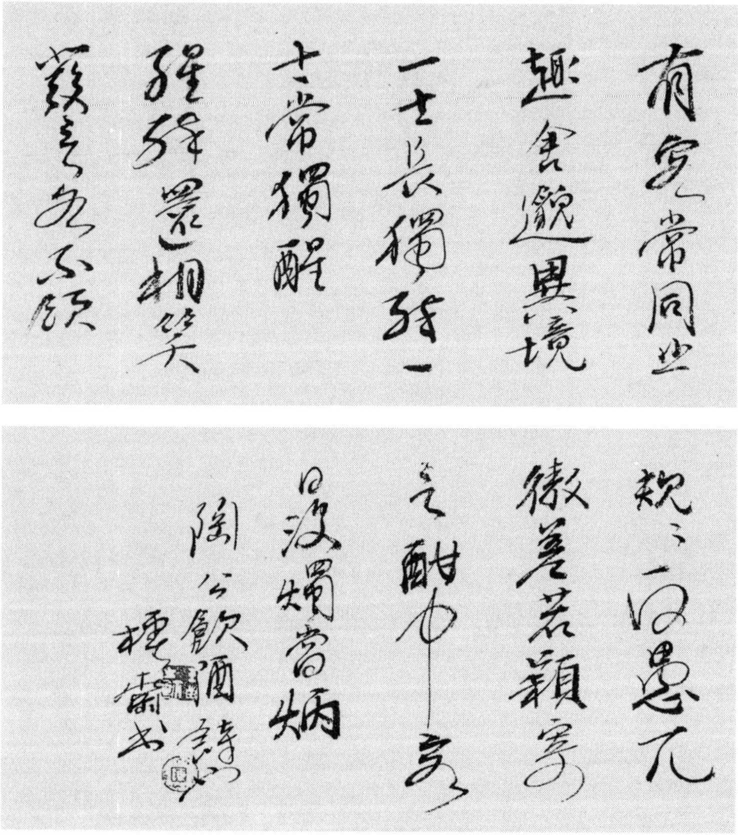

《饮酒二十首》（其十三）

己说。恺撒让老奴隶在耳边说一切都如烟云，也是这个意思，不过靠人人倒，所以他最终不免为成绩骄傲，为人所害。古人说："战战兢兢，如履薄冰。"我们对于信仰的维护和完善是时刻都在准备着、实践着，必然要保持始终清醒。清醒和沉醉是相对立的，同时又是相辅相成的，精神世界的清醒令现实世界的人更想沉醉，现实世界的沉醉却让精神世界中的“我”更加警惕。

以前我做商人的时候，应酬来往的客户，必然要到纸迷金醉的场合，喧嚣世界里自己的落寞只有自己最清楚，流连在酒席之上的应酬可以让我在厕所里吐很多回，却更加清醒地提醒自己，千万要保持淡定从容，什么该说什么不该说，自己会不断地重复。泪水浇灌的哪里是伤感，而是寂寞中失去自己的感觉。那个商人的“我”是我，也不是我。我听得见他们在激烈地争吵，听得见落寞的水滴划过时空留下的痕迹，你来，我去，剩下的就只有空白。生命一旦空白，人即是行尸走肉。

我都不想空白地过一生，陶渊明更不想。我是一个农民的后代，他可是贵胄的子弟，前辈的荣耀纵使已经开始淡却，但基因里那种不甘平凡的意识一直蠢蠢欲动。桓温看见少时所种的柳树感慨万千，说：“树犹如此，人何以堪？”所以他对自己说：“不能流芳百世，就要遗臭万年。”总之是要留下个痕迹。

陶渊明是文化人，是有道德廉耻的人，不是政治家，他除了做一个品行高逸的人之外没有其他更好的办法，四十岁的陶渊明，可堪一叹！所以他不停地喝酒。古人说同样往西跑的两个人，也许一个是在追敌，一个是在逃跑。是以沉醉之中的陶渊明也不同于世人，而是在保持着无比的清醒。

亲爱的读者，会吗？陶渊明说，会与不会，都不要紧，要紧的是天黑了，赶紧点蜡烛，继续喝酒，继续醉，继续醒。

其十四

故人赏我趣，挈壶相与至。
班荆坐松下，数斟已复醉，
父老杂乱言，觞酌失行次，
不觉知有我，安知物为贵，
悠悠迷所留，酒中有深味。

【品读】

一个文化人心态放松了，气场自然和谐，无论男女老少，富贵贫贱，都喜欢跟他来往，不仅仅是因为他和蔼自如，更重要的是从他那里也可以得到自己需要的文化滋养，至少可以听到一些有用的人生格言等等，也可以回家教育孩子。孔子说，无交友不如己者。每个人都喜欢亲近善知识，这是个人间常理。

穷困潦倒的陶渊明当然是个大善知识，朋友自然不少，他不可能追求“往来无白丁”的场面，一是个人没有这样的概念，二来他自己就是白丁，还是个酒徒。来的人在他都是聊天玩耍的客人，都得尊重。所以人们也喜欢陶渊明的性格，感受到他的真诚，也知道陶渊明家比较穷，于是就自己带酒带肉，上门聊天，我想陶渊明自然更喜欢这样自助式的方式，否则他是承担不起天天开派对的费用的。

现在国家提倡节俭，很多豪华酒店都遭受了很大的损失，但

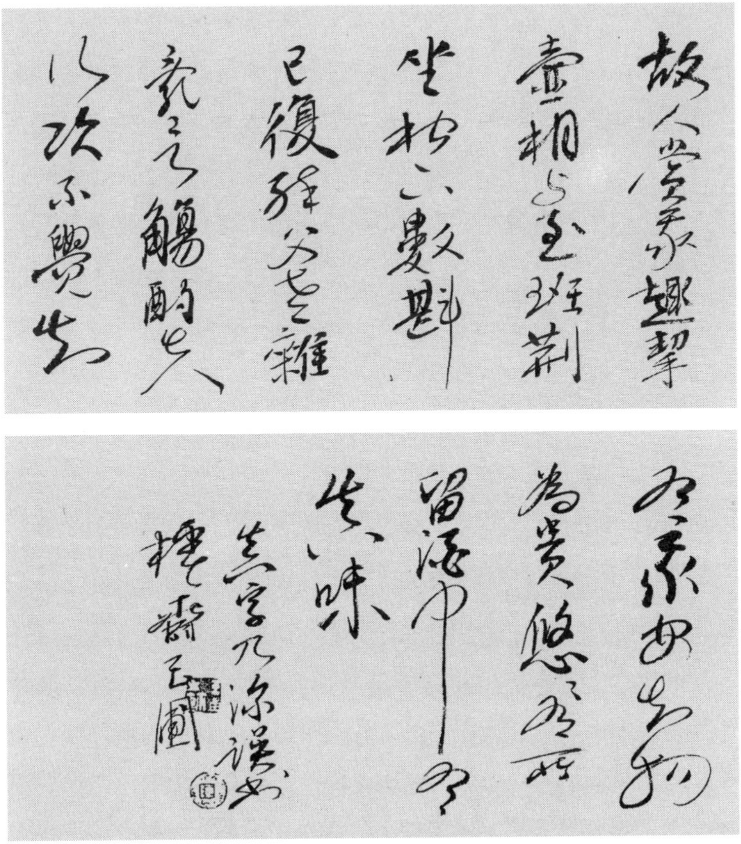

《饮酒二十首》（其十四）

那些消费者却一样跑到山里的农家乐大快朵颐，或者将餐厅隐藏在写字楼当中，内部使用，反正上有政策，下有对策，表面上有些成效的措施，失去强制力的时候恶习可能会来得更凶猛。不如学学陶渊明办联欢，办得简单是其次，最重要的是有文化。要知道天道不亲，常与善人。其实所有的一切都跟我们的人心有关，心变坏了，世间的风气就会变坏，空气就会污染，环境就会恶劣等等。封建社会的时候一个地方如果出现大的自然灾害，一定要追究当地官员的责任，不是行政责任，而是看他是不是有贪赃枉法、道德败坏的事情。如果天下都是大旱或者大涝，皇帝都要作罪己诏，检讨自己的错误，请上天惩罚自己。没文化的人总觉得自己无比正确，错肯定错在对方，彼此恶劣循环，天下当然乌烟瘴气，何况是一个小小的酒席呢？

陶渊明的酒席没有主陪副陪，没有什么“三生万物”这样的劝酒文化，而是大家都很自然地坐在松树下，跟自己喜欢的人聊自己感兴趣的事，喝自己喜欢的酒，多少都是随意。每个人都在此时抛弃了那个执着的“我”，全身心地融入到一个不分彼此的氛围之中，体会到世界万物原来一体，每个人都有所收获。这才是有文化。

现在人的酒席貌似也是如此热闹，每个人都很豪爽，说有什么事找哥哥，哥哥帮你办了。其实呢，大多过眼云烟，散了场在大街上碰见，都未必认识。庄子说：“人心险于山川，难于知天。天犹有春秋冬夏旦暮之期，人者厚貌深情。”喝酒本来是去除伪装，结果喝酒的人却伪装得更深，甚至比了解天地之间的变化还要难知，人真是太虚伪了。庄子是这么说的，我颇有同感。

不过陶渊明说，你管他那么多？喜欢功名利禄的人就去追求功名利禄，喜欢喝酒悟道的人就自己喝酒，清者自清，浊者自浊，各行其道，互不为害。更何况酒中品出的真正滋味，是任何语言都没有办法描述的，也不能传递给别人的，只能自己去体会。

好吧，他是对的。

其十五

贫居乏人工，灌木荒余宅。
班班有翔鸟[①]，寂寂无行迹。
宇宙一何悠，人生少至百。
岁月相催逼，鬓边早已白。
若不委穷达[②]，素抱深可惜。

【注释】

①班班有翔鸟：班班，鲜明貌。言贫宅有鸟来去，无人往还。

②委：抛开。委穷达，抛开贫富贵贱的想法。

【品读】

欣赏自己的贫困，如同珍惜自己的精神。享受自己的落寞，可以比拟异宝奇珍。子贡可以快乐着他的富足，原宪也能接受自己的清贫。虽然他们的事迹在今天已经成为佳话，只是这种类似于洁癖的穷困潦倒、富贵荣华，并不会被诸多人所了解，原宪、子贡究竟也不同于俗人，往往还免不了被世人耻笑。但是，老子说：“下士闻道，大笑之，不笑不足以为道。”

陶渊明对自己的穷困潦倒不以为意。有人质疑陈蕃，说：“一屋不扫，何以扫天下？”却不知道恰恰是一屋不扫，才能有足够的

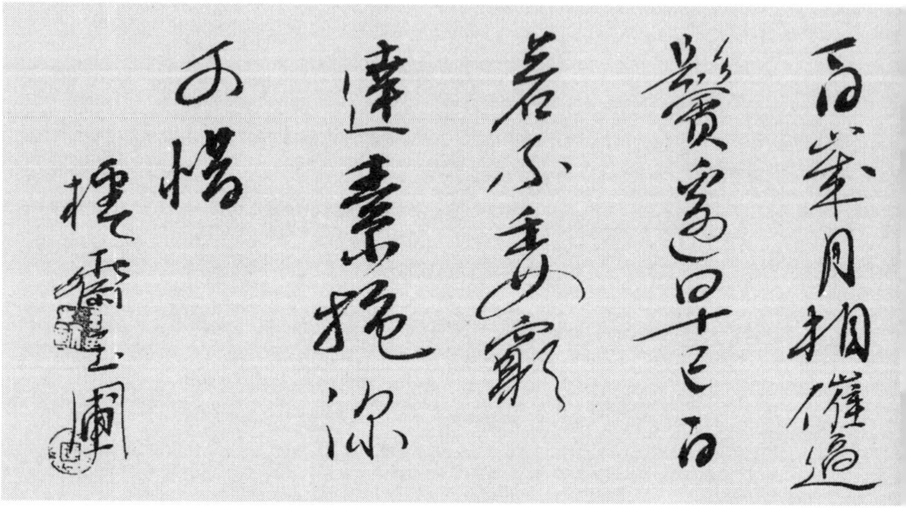

精力和时间去扫天下，君子远庖厨，不是因为做饭不能悟道，而是纠葛于琐屑之中，抬头看看晴朗的天空都是奢侈，你还有足够的精气神去做伟大的事业吗？质问陈蕃的人早已经灰飞烟灭了，而陈蕃却成了历代士人的榜样，他廓清的何止是汉家的天下！

佛说：“一切有为法，如梦幻泡影，如露亦如电。”愚痴的人执着于有，宛如眼中有翳的人看虚空，以为虚空有华，其实是妄想。不过看透世情的人总归是少数。陶渊明大概是其中之一，他抛弃了所有的富贵贫贱的想法，说贫贱富贵都不去想它，追求没有分别心的状态，否则自己一生的文化信仰就也成了梦幻。

这其实真的是个难题，为什么文化信仰在现实中就不是梦幻了呢？是梦幻，但从中你可以走出梦幻，它是一个循环的缺口，

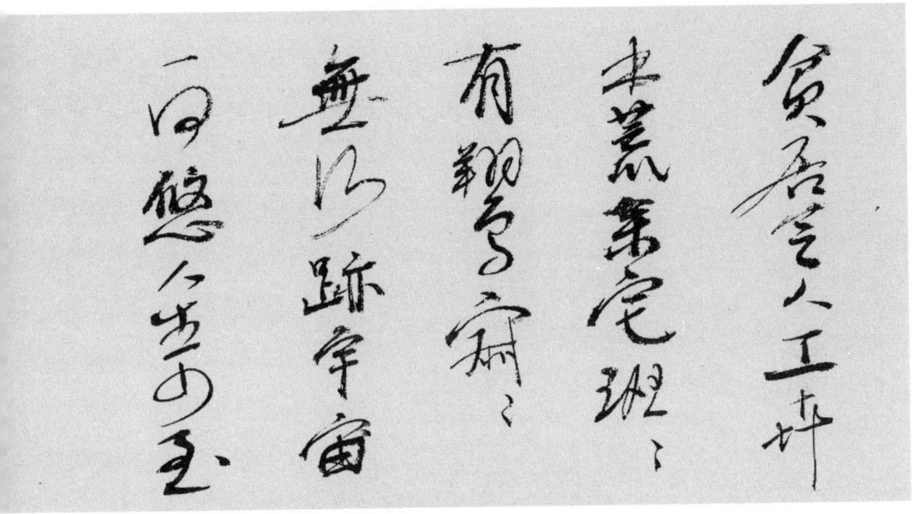

《饮酒二十首》（其十五）

你放弃了自己的执着，真正认清了自己的本性，那么你就可以停止这个循环，走出去。当然，即使如此，实际上还是不对，因为连这样的概念你都要抛弃，才可以真正达到这个状态，所谓的“君子有所不为，然后才能有所为”就是这个意思。能承担重任的力量来自于你放弃的境界，这个境界越空，你的力量就越大。

其十六

少年罕人事，游好在六经。
行行向不惑，淹留[1]遂无成。
竟抱固穷节，饥寒饱所更。
敝庐交悲风，荒草没前庭。
披褐守长夜，晨鸡不肯鸣。
孟公[2]不在兹，终以翳[3]吾情。

【注释】

①淹留：长久隐退。

②孟公：东汉刘龚，字孟公。东汉读书人张仲蔚，家贫，不被人注意，只有刘龚了解他。

③翳（yì）：隐没。

【品读】

一个人享受孤独的时候，最高境界当然是坐忘，但更多的情况是回忆过去种种，思考下自己究竟因为何等机缘才落到这等田地。陶渊明也不会例外，他一个人在简陋到漏风的房子里，冻得不行，披着衣服，坐在床上，等着天亮。他又没有电灯，蜡烛大概也买不起，即使买得起，风漏得那么厉害，还能点得着吗？所

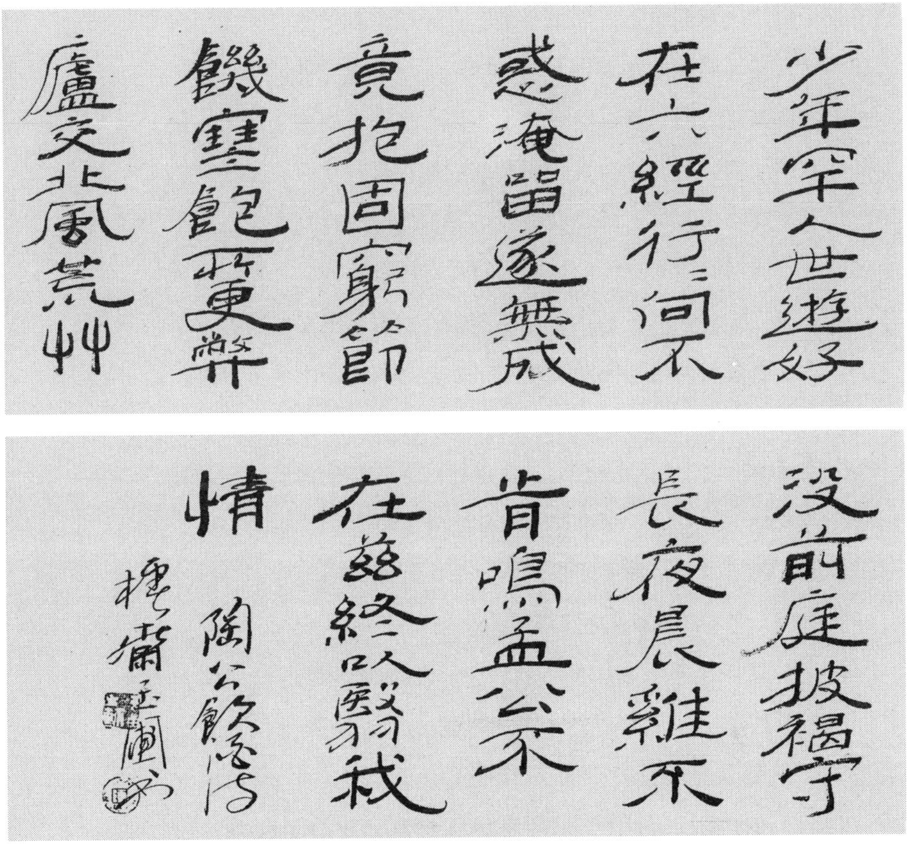

《饮酒二十首》（其十六）

以他只能坐在那里干等，只能在脑海里纵横过去未来。思想一旦专注于某事，往往会对其他事物视而不见，这倒是人类行为的一种普遍现象。

魏晋是反传统非常激烈的时代。大家对于传统伦理都有一些不同的意见，本来非常正常，毕竟经历过汉末的党锢之祸，文化人受到的打击可以说是惨重的，以致于道统在一段时期之内丧失了与政统抗衡的力量，而政统却趁虚而入，窃取了道统留下的体系，用来压制、禁锢文化人的思想。这刺激了相当一批非常有才华的人，他们开始激烈反抗，但将矛头直接对准政权往往会自取灭亡，只能骂传统，希望能隔山打牛。统治者当然也不是傻子，也喜欢胡乱安个罪名用传统的名义消除异己。比如嵇康反对司马政权，不肯与之合作，却不能直接对立，于是骂文化传统，骂劝自己出来做官的好朋友，写下了千古名篇《与山巨源绝交书》，其实他跟山涛是可以托孤的关系，其指桑骂槐的本质是昭然若揭的。司马政权当然也心知肚明，就找个机会把他给收拾了。就是在这样的文化背景之下，真正研究“六经”的人除了真心喜欢文化之外，没有别的想法，那个时候也没有以经取士，看重的是门第才干。所以陶渊明后来说自己“好读书”，确实没有欺骗我们啊。

可是一转眼就到了四十岁了，爱读书的陶渊明还是一事无成，甚至更加贫穷，而不爱读书的放牛娃却成了国家重器，眼看着整个天下都是他的。这时候陶渊明是怎么想的？他想到了刘龚，文化人的伯乐。苦中作乐的陶渊明把自己比拟于在途中拉车、陷入泥潭后正拼命努力的千里马，虽然是千里马，但因为吃不跑，常挨打，所以表现得还不如普通的驽马。据说伯乐路过，看到这样的情况，不仅抚马大哭，千里马也忍不住长啸回应。陶渊明想，我的伯乐在哪呢？

不怕穷不怕苦，但没有伯乐的痛苦却让人那么心酸。

其十七

幽兰生前庭，含薰待清风。
清风脱然至，见别萧艾中。
行行失故路，任道或能通。
觉悟当念迁，鸟尽废良弓①。

【注释】

①鸟尽废良弓：天下定了，定天下的才士也被废掉。《史记·淮阴侯传》记载："高鸟尽，良弓藏。"

【品读】

作为一个二代、三代或者四代的陶渊明体会到了优势，更体会到了劣势，富贵不过三代，从他曾祖陶侃算起，他爷爷和爸爸都沾了光，至少混到了太守，也就是市长这个级别，吃穿自然不愁，但是到他这一辈，时代变迁，竟然变得穷困交加。无论是谁，静夜思之，肯定会有无限的感慨。

"幽兰生前庭"说的是自己的性情如此清高，却生在一个富贵的家庭，等着被安排的机会，相信自己一定会有所成就。他的这个处境有点像八大山人。作为皇族的八大从小才华横溢，也准备好了奋斗一生，结果天一下就变了，他从最高层落魄到了最底层。所谓的机缘，建功立业的机会，反而成全了无数小人。他们没有廉耻、没有是非，唯利是图，当然可以在世界里混得更开。而因为有那种所谓的贵族血统，清高的秉性让那些二代、三代或者四代爱惜羽毛，则必然不肯与世俗为伍。只是一如幽兰生于百草之中，别人要想看到你，或者你想出人头地，都不是容易的事情。

陶渊明当然不甘心，但无论怎么样的努力，社会终究是靠关系存在，小人们可以投机取巧，可以送礼送人，但陶渊明能吗？别说他是个穷人，就是富人他也不会做这样的事情，则仕途这条路，对他来说，肯定是越走越迷惑。聪明人从来不会钻牛角尖，古人说穷则变，变则通，达到目的的办法有很多种，幸福快乐的生活也有诸多方式。“立德、立功、立言”至少是古人给我们留下的三个基本悟道途径。我们所能做的就是信任、坚持和持续不断地努力，成功自然是可以预期的。耶稣对人说：“信我得永生”，“不要怀疑试探你们的上帝”。目标一旦产生怀疑，多强的执行力都会失去意义。

陶渊明明白只有做文化这条路可能实现自己的梦想，就算做到了韩信那样的功名事业，最终不也是被枉杀吗？这个问题其实很有意思，道理大家都明白，社会上传播的高危工作就有官员这个职业，反腐风暴中打击了那么多贪官污吏，可是大家貌似对这个职业还是趋之若鹜，小孩子都说自己的理想就是当大官。每个人都觉得自己可以成为漏网之鱼，太有意思了。甚至，从这句诗来看，我觉得这个时候的陶渊明虽然已经明白了世界的真相，理解了人生的追求，但还是不能完全免俗。

或许有人说这是陶渊明在劝诫别人呢，跟他自己有什么关系

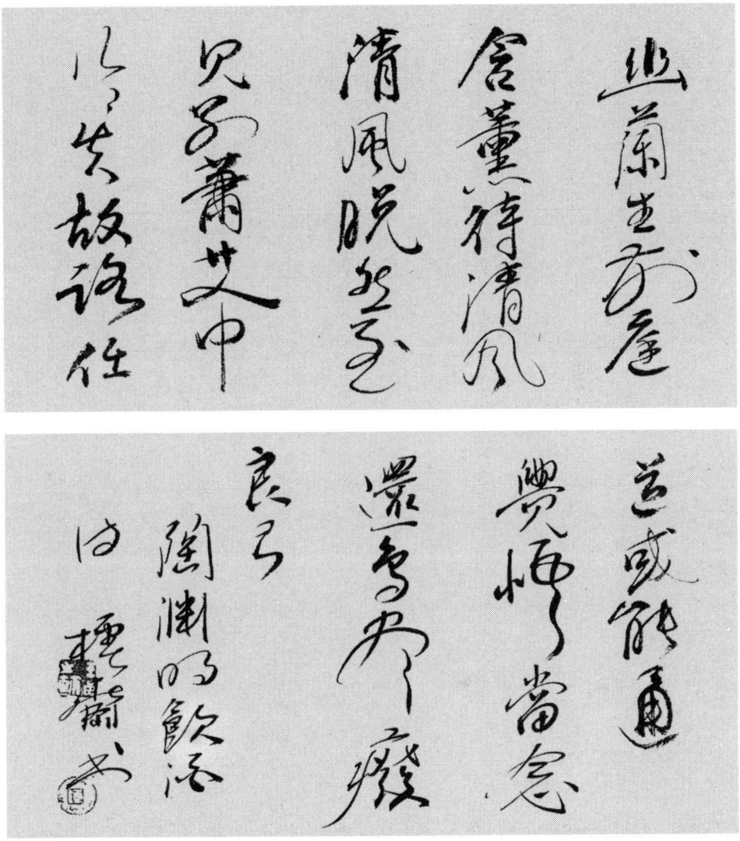

《饮酒二十首》（其十七）

呢？我说不是这样，写文字的人其实都是写给自己看的，跟别人其实才没有多大的关系！明白这个道理的人会心一笑，不明白的人就当我胡言乱语吧。

其十八

子云性嗜酒，家贫无由得，
时赖好事人，载醪祛①所惑。
觞来为之尽，是谘②无不塞。
有时不肯言，岂不在伐国③。
仁者用其心，何尝失显默。

【注释】

①祛：除。

②是谘：凡是所询问的。

③岂不在伐国：《汉书·董仲舒传》记载："闻昔者鲁公问柳下惠：吾欲伐齐，如何？柳下惠曰：不可。归而有忧色，曰：吾闻伐国不问仁人，此言何为至于我哉？"

【品读】

子云即是扬雄，汉代的大才子。陶渊明专门用一篇诗词来写他，自然是觉得跟他有相通之处，毕竟扬雄在那个时代堪比现代的胡适、蔡元培等人物，与之可以比拟是文化人的骄傲。所以他写扬雄就是写自己，借题发挥而已，会读诗的人不会因为他写的是扬雄就会被欺骗。

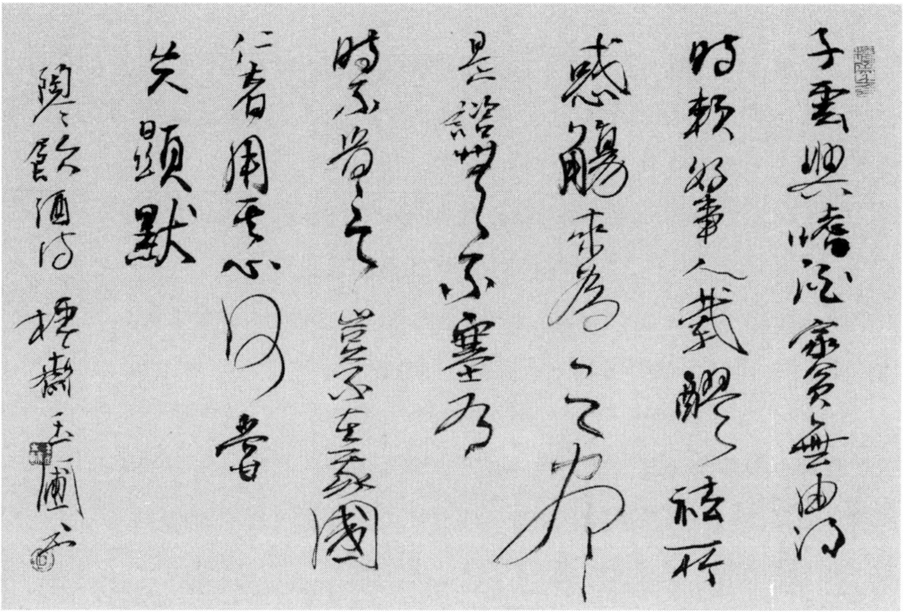

《饮酒二十首》（其十八）

书上说扬雄也爱喝酒，也家贫如洗，以致有些人为了求他的学问，就带着酒去，算是学费，倒是十分风雅。陶渊明也是这样，据说颜子推成了大官之后，路过陶渊明家，给他留了两万钱，算是尽朋友的一点道义。结果陶渊明把这两万钱都给了酒家，说以后喝酒就从中扣钱即可。在二十首里，我们也发现陶渊明的很多朋友到他家做客，经常是自带酒肉的。这样的酒肉吃得放心、干净，不会有吃人嘴短、拿人手软的遗憾。因为聊天归聊天，学习归学习，作为主人的陶渊明当然可以知无不言，言无不尽，但涉及到关键性的问题，尤其是涉及“伐国”的问题，陶渊明说，我是不会说的。

“伐国”的典故本意不在于柳下惠说侵犯别的国家不可以，而是在于他回家之后的反思，一般来说，涉及到征杀讨伐这样的事情，是不会向一个仁义道德的人问的，因为答案是显而易见的。只有对方觉得你可能会附和他，或者至少有怀疑你的道德完整性，才会问这样的问题。陶渊明用这样的典故来说自己就一些问题不肯发表意见，实则也是一种自我约束，表明虽然我喝了酒，吃了肉，但是还是不要以为我就得有问必答。

仁者用心，那是无所不用其极，时刻都在检讨自己，就像柳下惠这样，国君向他咨询了问题，并没有因为成了国君的参谋而高兴，而是检讨自己在道德上是否有所欠缺，陶渊明想表达的也是“时时勤拂拭，莫使染尘埃”的追求。只有这样，才能将道德置于一切之上，成为“仁”的基本构成。

陶渊明真正了不起。

其十九

畴昔苦长饥，投耒去学仕。
将养不得节，冻馁固缠己。
是时向立年，志意多所耻。
遂尽介然分，拂衣归田里，
冉冉星气流，亭亭复一纪。
世路廓悠悠，杨朱所以止[①]。
虽无挥金事，浊酒聊可恃。

【注释】

①杨朱所以止：杨子，名朱，《淮南·说林训》记载："杨子见逵路而哭之，为其可以南可以北。"世道多歧，所以杨朱止步不前。

【品读】

这是自书其过去的诗歌，也算是自传。

畴昔就是以前，以前陶渊明穷的时候，曾经一度吃不上饭，当农民也不在行，只好出去求取功名。毕竟是男人，有责任有义务让家里的妇女老小都免除饥寒交迫的痛苦，可惜陶渊明的能力确实有限，不适合在官场厮混，所以饥寒交迫的窘境一直没有办法摆脱。即使时代不同，我想他也不免被老婆指责，说你还是不

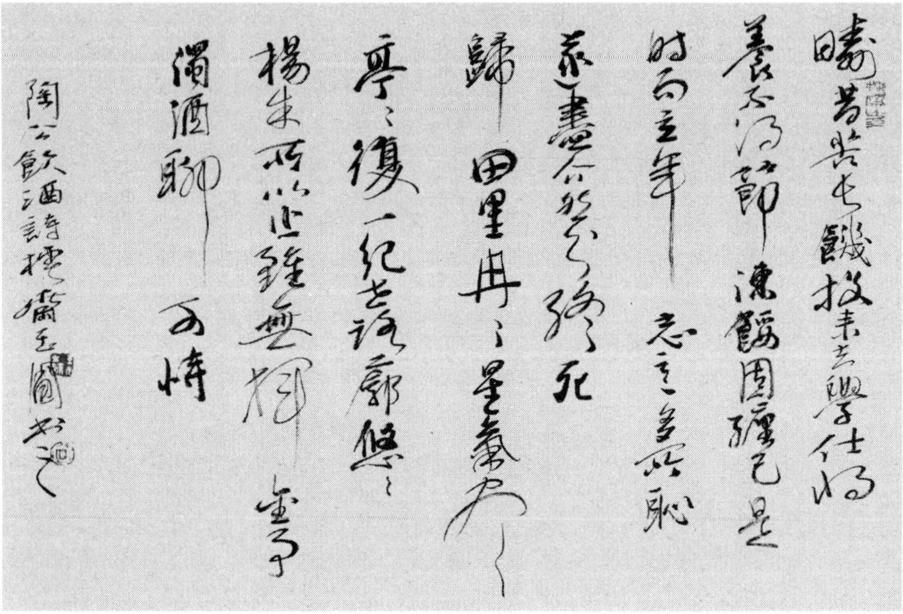

《饮酒二十首》（其十九）

是男人啊，连老婆孩子都养不起。无论是否如此，他内心的自责还是免除不了的。

那个时候他快三十岁了，这一年他从政为祭酒。可是天生的才情本来就不适合俗人的世界，他委屈自己在仕途中厮混，内心的自爱和自尊与外在的屈辱和服从交加斗争，让他备感痛苦，与其侍奉自己看不起的上司，处理违背自己性格的事情，违心去说些客套的话，还不如回家种地！陶渊明有自己的地，据考据派说还有三套固定的房产，则其完全可以自食其力。一个人只求温饱的话，有点粮食就够了。陶渊明没有什么奢侈的欲望，仅仅喜欢喝酒，所以他可以辞职回家。

史书上说陶渊明是“不堪吏职，少日自解归”。不堪吏职，就是不能胜任相关的工作，我倒觉得不是不能胜任，而是不屑胜任，所以他是自己主动提出辞职的。他当时的领导是王凝之，虽然有个好爸爸，但确实是个超级无能、不称职的家伙，不仅迷信五斗米教，更对自己的职守稀里糊涂。叛军作乱，他作为行政长官居然不安排兵马守卫，反而认为会有“神军”护卫，结果稀里糊涂地丢了脑袋。给这样的人当属下，只要无廉耻道德，混吃混喝真的是非常容易。可是对文化人来说，却是不堪忍受的耻辱，我不是陶渊明，也会以这样的愚蠢领导为耻。

当然了，我是不会辞职的，因为现在和过去不一样，我没有地，没有什么私有财产，必须靠工作的微薄收入来维持家用。孟子说：“民之为道也，有恒产者有恒心，无恒产者无恒心。苟无恒心，放辟邪侈，无不为已。”说的只有一半正确，我无恒产，一样不会为非作歹。人生的道路漫长而且悠远，歧路更是错综复杂，这是杨朱所以叹息的地方，但我们真正的文化人不会这样，羊走失了，就再买一头；道路歧路太多，就随便走一条。学学阮籍，一条道走到尽头，然后大哭一场回家睡觉。至于财物的损失，更是皮毛之事了。

陶渊明说我没有挥金如土的条件，但我有一杯浊酒，一样表达同样的情怀。圣贤达者都会随顺环境的变化，选择适合自己心性自如的方式，而不是委曲求全，丧失自己的操守去换取一时的荣耀。不同的人不一样的方式，但必然是同一样的目的。惟其如此，历代圣贤才能互相呼应，构成中国文化的高山。

其二十

羲农去我久，举世少复真。
汲汲鲁中叟，弥缝使其淳。
凤鸟虽不至①，礼乐暂得新，
洙泗②辍微响，漂流逮狂秦。
诗书复何罪？一朝成灰尘。
区区诸老翁，为事诚殷勤。
如何绝世下，六籍无一亲。
终日驰车走，不见所问津。
若复不快饮，空负头上巾。
但恨多谬误，君当恕醉人。

【注释】

①凤鸟虽不至：指太平时代不到。《论语·子罕》有曰：“凤鸟不至，河不出图，吾已矣夫。”

②洙泗：两水名，代表两个地区，孔子设教处，在今鲁南苏北。

【品读】

最后一首诗类似于一本书的跋，在此，陶渊明通过对历史的追述表达了自己的文化理想，坚定着自己的文化节操，同时也因

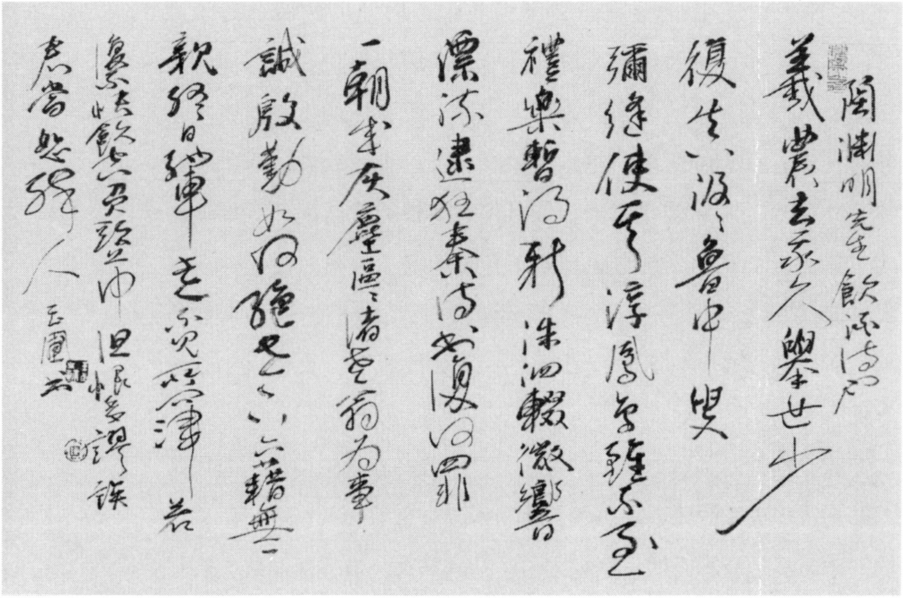

《饮酒二十首》（其二十）

为这种坚持可能会出现错误、会伤害一些人而表达了歉意，当然其自负的形象是溢出纸面的。

“羲农”指示的是伏羲和神农氏，泛指被我们文化贤达视作淳朴自如的上古时代，从考古意义上看，离陶渊明的时代也得有几千年了。我们现在也有人怀疑孔子是否存在，怀疑尧舜是否有真人，民国的时候还有人考据说“大禹是条虫”，这都是时代久远造成的必然结果。陶渊明那个时候也是如此，他不仅感慨世界充满了怀疑诡异的风气，也充斥着欺诈牟利的行径，大家貌似都失去了淳朴自然的本质。

“鲁中叟”说的是孔子，下面几句是向他的致敬。孔子说自己述而不作，按照现在来说就是一个高级编辑，为他人做嫁衣裳，虽然没有自己的著作，评不了职称，但孔子的工作却连接了前后二千五百年的历史，使古代的淳朴可以延续着滋养后世的精神。“弥缝”二字实在不错，可以作为编辑的代名词。一部泱泱的中华民族文化的发展史脱离不了孔子的努力。虽然没有达到古人最理想的状态，至少让中华文化的核心精神得到了保护和传承。所以古人说：“万古无孔子，亘古如黑夜”，大概也是就此有感而发吧？

洙、泗是两条曲阜附近的河水，孔子曾经在这里讲学，是以后人以其替代道统的体系。当然，孔子所以有这么大的影响，跟自己的三千弟子是分不开的。那么多弟子共同努力，有钱的出钱，有权的办事，有才的作学问等等，汇集成了一个独立于政府之外的教育体系，从而使道统可以抗衡政统，文化精神才可以保持独立自由的品质，才可以历代发挥出耀人眼目的光彩。虽然经历过暴秦的焚书坑儒，但道统的种子已经深深地浸在中华民族的血脉里，除非地球毁灭，否则它会一直生存在我们中间。秦国灭楚，楚人说：“楚虽三户，亡秦必楚。”结果是楚人项羽最终灭了秦朝。秦焚书坑儒，认为政统应该凌驾于道统之上，防民之口甚于防川，结果文化的复兴靠着扶生几个老人就成功了。所以，文化复兴不在多少，而在质量，这个问题其实历代都应该注意。

我认识的一位老师说他参加了一次传统文化论坛，论坛主讲在上面说传统文化非常好，在酒席上就说：“世界无美国，亘古如黑夜。”人真的是太虚伪了，我听了之后很震撼，是以在此作个记号。至于具体姓名就请后人考据吧。这是当前文化发展的一个普遍现象，就我理解的艺术圈来说，那么多大师其实都是工匠，根本连艺术的大门都没有看到，又谈什么艺术境界如何高妙呢？所以见怪不怪吧，历代以来世俗都是喧嚣，沉静的文化人、真正有文化的人还是自得其乐，享受生活吧。在自己快乐的时候，文化传承也就实现了。只是不免有时浩叹，这是什么样的社会啊，文化传承真的是“蜂腰继绝学”的概念！陶渊明说“六籍无一亲”，真是伤感啊，真正读传统、爱传统、实践传统的甚至可以说没有一个人！到处是溜须拍马、钻营牟利的人，谁还有功夫和时间去做学问呢？以名利地位为判断人是否成功的标准，跟以金钱为标准来衡量人有什么本质的区别呢？斯文扫地矣！其实何止魏晋时候，历代反传统浪潮过后，哪里不是一片文化虚无的状态？陶渊明要是活在今天，不知道要感慨多少回了。

但个人的能力终归有限，楚狂接舆劝孔子，说：“凤兮，凤兮！何德之衰？往者不可谏，来者犹可追。已而，已而！今之从政者殆而！”历代都有这样的时刻，伤感根本来不及，所以孔子只能说：“鸟兽不可与同群，吾非斯人之徒与而谁与？天下有道，丘不与易也。”陶渊明自小熟读“六经”，对于孔子自然会跟刘勰一样崇拜之，但是时代变了，刘勰也不是陶渊明，陶渊明所能做的，只是饮酒作诗，留些余唾给后人，虽然在他来说还不完美，但于后人来说已经价值连城了。但无论后人如何看待，陶渊明也做了自己能做的事情，算是对得起文化人的身份了，他对此还是比较自信的。

不过，最后他还谦虚了一下，说自己的文字可能有很多错误疏漏之处， 还请方家不吝赐教云云。醉酒的人还能这么说话，可见文人的习气有多么恶劣的影响，我也因此而不相信他是醉酒的人。

《饮酒二十首》疏讲

所谓饮酒，其实避俗，所以避俗，实为救世，此中关系，请仔细研判。

个人才力有所不逮。长于此必弱于彼，生不得其时，才是人生最大的遗憾。陶渊明好读书，不能为五斗米折腰，又想着建功立业，则必有志气不得舒展的抑郁。入俗世求功名，如火中取栗、泥中取藕、龙颔摘珠，想全身而退，清高自任，实在不容易，但放弃自己的理想，同流合污，和光同尘，他又做不到。于是，他只能饮酒求醉，恍惚之中，“中心如醉，我心摇摇”。忧伤的感觉变得浓郁热烈，现实和理想在这时忽然就有了一个接点，无为的追求和有涯的人生融合成了一个整体，陶渊明感悟了，说：“不为无益之事，何以悦有涯之生？”

所以，读《饮酒》诗，我们不要被“饮酒”这两个字迷惑，酒不过是陶渊明的指月之指，得鱼之筌。是以此组诗的年代等考据于文化的完善当然重要，却非必要，要适可而止。一如社会背景的残酷对于一个人的内心有影响，却未必全都有影响，因为对此是压迫，对彼或许是机遇，有的人在乱世能奋起抗争，建功立业，有的人却只能就此沉沦，默默无名。怨天尤人，自怨自艾，皆非君子所以论世也。陶渊明《饮酒》非独言酒，也是抒怀，非唯抒怀，更是言志，志于道，则道在酒中矣。

仔细想来，陶渊明的不得遂其志，跟他的性格应该有太大的关系。他不肯为五斗米折腰，又怎会为天下人折腰？一个有道德洁癖的人生活在这污浊的世界，要求他顺应时代，这就是天生的悲剧。遥想当年，陶渊明见到母亲为了接待客人，要把头发剪了去卖，做儿子的肯定心痛，他却没有能力改变现实，不能像明代很多文人那样干脆弃文经商，贩卖布匹，甚至倒卖地产，放高利贷等等，就只能麻醉自己，说要放下，放下一切。说和行统一的那一刻，他竟然真的打造了另外一个世界：桃花源。这是乌托邦，没有时间的一个恒定的世界："乃不知有汉，无论魏晋。"同时也是一个"不足为外人道也"的自我精神世界。任何外求的努力都是白费。"南阳刘子骥，高尚士也，闻之，欣然规往。未果，寻病终。"老子说："天地不仁，以万物为刍狗。"没有分别心地看世间，就是内心放下一切的境界。

《饮酒》二十首讲的就是这个"放下"，从头到尾，有张有弛，有原则，有方法，有规矩，有后果，前后关系密切，娓娓道来，环环相扣，用心良苦。我们不否认陶渊明的守道苦节，更羡慕他获得解脱之后豁达自如的状态，也知道这个状态并不是生来就有。你放不下俗世的种种诱惑，却想有出世的境界，这也是一种贪念，它越是炽烈，你陷得越深。

我们生而为人，肯定不可能都被上天选中，成为弄潮儿。一如机器生产，总要有些零件放在仓库里备用，都是好东西，但或许一辈子都没有机会用上。如果任其风吹雨打，生锈成尘，在用的时候就会被抛弃。当年陶渊明的曾祖陶侃被闲置的时候，天天搬砖头，搬来搬去，别人问他缘故，他说看似折腾，其实我是在锻炼身体，保持身心健康，因为日后万一可以重新工作的时候，我怕自己身体跟不上。一个人不能理解自己的无法作为，正确认识自己的人生，无论他是如何强大、富贵，他必定是一个生活的最终失败者。陶渊明放下一切，主攻文化，其实也是一种自我修复和自我维护，“战战兢兢，如履薄冰”，和他曾祖的行为有异曲同工之妙。所以有人说陶渊明篇篇有酒，我说其实是字字避俗，惟其如此，陶渊明才能成为陶渊明，而不是你我他。人生虽然很短，但是如果心性能定在一处，认清自己，确立人生目标，则成功是必然的。当然，这要付出的努力也很多。

以此看来，陶渊明的放下何尝不是为了进取，他的无益之事最终成了万古流芳的佳作，母亲窘迫的行为也被后人敬仰，这是不是更大的孝呢？苏东坡当年读《后汉书》，跟自己的妈妈说，我想当范滂，您看如何？他母亲说，你能当范滂，我就不能当范母吗？陶渊明、范滂和苏东坡都是了不起的人，陶母、范母和苏母都是伟大的人。

要之，读《饮酒》诗，不要被其颓废和荒凉的表面所欺骗，更不要人云亦云地羡慕陶渊明的豁达和潇洒，他所有的豁达下面是更深的哀伤，所有的潇洒后面是更多的约束，所有的放弃后面是更大的责任。明白了这一点，我们就会踏踏实实读书、做人、做事，古人云：“不积跬步，何以至千里？”虽然人人都可成佛，却必须都得从小处做起。

停云

停云[1]，思亲友也。罇湛新醪[2]，园列初荣，愿言不从[3]，叹息弥襟[4]。

霭霭[5]停云，濛濛时雨。八表同昏，平路伊阻[6]。
静寄东轩，春醪独抚。良朋悠邈，搔首延伫[7]。

停云霭霭，时雨濛濛。八表同昏，平陆成江。
有酒有酒，闲饮东窗。愿言怀人，舟车靡从[8]。

东园之树，枝条载荣。竞用亲好，以怡余情。
人亦有言：日月于征。安得促席，说彼平生[9]。

翩翩飞鸟，息我庭柯。敛翮闲止，好声相和[10]。
岂无他人，念子实多。愿言不获，抱恨如何。

【注释】

①停云：即厚重之雨云，仿佛停在头上。停云一词，自此代表思友之情。

②罇（zūn）：同“樽”，酒杯。湛：没，有盈满之意。

醪（láo）：汁滓混合的酒，即浊酒，今称甜酒或醪糟。

③愿：思念。言：语助词，无意义。从：顺。不从：不顺心，不如愿。

④弥（mí）：满。襟：指胸怀。

⑤霭霭（ǎi）：云密集貌。

⑥八表：八方以外极远的地方。泛指天地之间。伊：语助词。阻：阻塞不通。

⑦悠邈：遥远。搔首：用手搔头，形容等待良朋的焦急情状。延伫（zhù）：长时间地站立等待。

⑧靡（mǐ）：无，不能。

⑨促席：彼此坐得很近。促：迫近。席：坐席。平生：平时，这里指平生的志趣、素志。

⑩翩翩：形容飞鸟轻快飞舞的样子。柯：树枝。翮（hé）：鸟的翅膀。敛翮：收敛翅膀。止：停留。相和：互相唱和。

【品读】

这是陶渊明四十岁左右写的诗。四十不惑，应该明白自己需要什么了，因为再没有什么成绩，人生就这么过了。对于任何有使命感的人来说，那将是一个无比伤感的结局。诗是写思念朋友的，思念朋友是因为心里的话没有人听，身边来往的都是人，却没有一个在心里。孤独是一种情绪，在陶渊明来说，一辈子都逃不出它的手心。

陶渊明的诗歌超越了时代，可以与《诗经》里的经典媲美，这是因为他的精神真诚自如，一如古人的自如真诚。精神是没有时空限制的，刘勰说：“文之思也，其神远矣。故寂然凝虑，思接千载。悄然动容，视通万里。”所以为人为文，一旦凝神静虑，入于无人境界，即能感受历代先贤的喜怒哀乐，明白万事万物所以运行自如的道理。孟子说：“万物皆备于我。”不能达到这个境界的人以为虚妄，其实这却是实实在在的真理。

当时应该没有多少人能理解陶渊明，甚至他的老婆也对他颇多怨言，他的儿子们也不成器，所以陶渊明虽不寂寞，但是孤独，不悲伤，但是寡欢。楚霸王说人不能衣锦夜行，想回到楚国，因此丧失了胜机，被人诟病。事实上我觉得他是厌倦了战事，亟须回到家乡。他是想拥着跳跃在绿叶中的女人，喝着新酿的春酒，醉了就倒在女人的罗裙之下，安安静静地休息。霸王勇猛任性，本质其实善良天真，可以做一个无畏的战士，却不能做忍辱负重的流氓；可以做任性无碍的霸王，却做不了左右逢源的政客。事实上陶渊明也是这样，他的才情已经远在凡俗之上，却不能不忍受妻子埋怨，更无法跟儿子生气，也不会跟山野村夫谈人生理想，只能对着秋菊青松、南山停云说说心里话。

你能理解那种无助的寂寞吗？仿佛世界上有很多人在关心你，但你却找不到一个人说话。眼看着镜子里的人已经慢慢苍老，所有的梦想却在离我远去，心里的哀伤止不住地落下，霭霭停云，停云霭霭，濛濛时雨，时雨濛濛。春醪新成，万物春荣，你觉得是一种快乐，我却从快乐中看过去了，看到的是漫无边际的寂寞。

有酒有酒，有泪有泪，我胡言乱语，你且姑妄听之。清醒的人活在这个世界上，生活就是痛苦本身，努力去承担所有的责任，心里却脆弱得一根草都可以把他压倒。一句诗寥寥数字，却仿佛开了口的大堤。河水泛滥在胸怀之中，不说不说。

四十岁的人读《停云》，该是多么的伤感啊！

归园田居其一

少无适俗韵，性本爱丘山。
误落尘网中，一去三十年。
羁鸟恋旧林，池鱼思故渊①。
开荒南野②际，守拙③归园田。
方宅十余亩，草屋八九间。
榆柳荫后檐，桃李罗堂前。
暧暧远人村，依依墟里烟④。
狗吠深巷中，鸡鸣桑树巅。
户庭无尘杂，虚室有余闲。
久在樊笼⑤里，复得返自然。

【注释】

①羁鸟：笼中之鸟。池鱼：池塘之鱼。鸟恋旧林、鱼思故渊，借喻自己怀恋旧居。

②南野：一本作南亩。际：间。

③守拙：意思是不随波逐流，固守节操。

④暧暧：昏暗，模糊。依依：轻柔而缓慢地飘升。墟里：村落。这两句化用汉乐府《鸡鸣》篇“鸡鸣高树颠，犬吠深宫中”之意。

⑤樊：栅栏。樊笼：蓄鸟工具，这里比喻官场生活。返自然：自然此处当双指，一指田园，一指自由之生活也。

【品读】

这是陶渊明辞职之后回归田园的组诗。做官的荣耀在陶渊明来说是一种束缚，体制是樊笼，不是他这样的山野之人待的地方。

《归田园诗》一共五首，我们只选择了一首，书的体例在前一本已经设置为三十首，而陶渊明的好诗太多，虽然尽量选择，也觉得所选择的总非是最好的，但也只能忍痛割爱了。天下的事情就是这样，陶渊明如果不是因为有“不为五斗米折腰”的勇气，就不会有令后人敬仰的节操，也未必有如此多的诗歌。世界上的事情总是如此，失之东隅，得之西隅，关键是看我们怎么选择了。那些贪心的人想着什么都获得，不是不可以，但你有那么大的福报吗？有足够多的智慧处理面对吗？

而且陶渊明也说，一个人的性情是什么样子的，那么他的一生大概基本就决定了吧？性格决定命运，关键是你的选择。面对继续委屈自己，还是选择自由，陶渊明做出了选择，他非常惬意地描述自己的田园，一方面是满足，一方面也是享受。他没有心思去批评体制的腐败，也没有太多的情绪去回想过去种种，因为人生当下的美妙，田园中的种种惬意，已经让他完全地陶醉了。诗的用字造词都非常平淡自然，读起来朗朗上口，不需要过多的解释，还是多读吧。苏东坡说陶渊明的诗看着很平淡，但多读几遍会发现有“奇句”，这就是中国绘画讲究的“平中之奇”吧？

所以，这首诗就是《归去来兮》辞，古人说一叶落而知天下秋。一个人的文字有自己的特点，在思想上更有一贯性，也就是说在价值体现上，他所有的文字都应该是比较恒定的。一旦读者发现他的价值所在，那么读一篇等于读所有的文字。有的人担忧所选的诗歌是不是反映了陶渊明的全貌，其实大可不必，从价值观的角度来读诗，一首就足够了解陶渊明了，从语言文字表面去探求，则就算读完了全集，你能说你了解陶渊明的全部了吗？或许还有没发现的诗词，或许还有没写出来的想法，这样追究下去，做学问也就做到尽头了。

悲从弟仲德

衔哀过旧宅，悲泪应心零。
借问为谁悲？怀人在九冥。
礼服[1]名群从，恩爱若同生。
门前执手时，何意尔先倾！
在数[2]竟未免，为山[3]不及成。
慈母沉哀疚，二胤[4]才数龄。
双位委空馆，朝夕无哭声。
流尘集虚坐，宿草旅前庭。
阶除[5]旷游迹，园林独馀情。
翳然乘化去，终天不复形。
迟迟将回步，恻恻悲襟盈。

【注释】

①礼服：五服亲疏关系。

②在数：由于天数。

③为山：建功立业，出自《论语》："譬如为山，未成一篑。"

④胤（yìn）：后代。

⑤阶除：除，台阶。

【品读】

陶侃有十七个孩子，到陶渊明也不是四代，没有出五服的兄弟众多，想来从弟也不会少。此诗乃思念早亡的从弟仲德也。

豁达只能针对自己，不能涉及亲人。表面上就是这样，陶渊明可以为自己写挽歌，对于死亡的期待甚于对生的接受，但对于弟弟的死却无法释怀，以至于路过弟弟家的房子，看到房子内的破败景致就不免落泪。而且他有很多首诗不是讨论亲情，就是教育孩子记住家族历史，不是感慨“昭穆既远，以为路人”，就是说“三千之罪，无后为急”。家族荣誉感特别强。或许会有人因此说陶渊明的境界或许还不是那么高逸吧?

你可以对我不好，但不能对我家人不好，我死了之后，你要是真得对我好，那就帮我好好照顾他们。这不是眷恋人生，而是一种亲情的温暖。这种温暖保存在我们心里，在我们全身冰凉的时候，可以让我们的精神突破束缚，回归宁静平和的天堂。陶渊明是一个完整的人，他清高自许，是因为性情如此，但是看着母亲剪去的白发，看着妻子孩子冻馁的神情，难道会置之度外吗?那就不是洒脱，而是无情了。无情的人还不如山石，这样的人更不是陶渊明。

我一直在想，嵇康所以有一个完整的人格，不是因为他能淡看生死名利这些虚妄，而是因为他能在最后关头将自己的孩子托孤于山涛。希望自己的孩子老老实实地学儒家文化，尊师重道，不要学自己清高自许。舔犊之情展现得淋漓尽致，所以嵇康才成为文化中的一个标杆。只是让他没有想到的是，儿子嵇绍确实遵守了儒家的信仰，却一样死于非命。这是世俗的力量啊，真正的文人真的是无法适从。

即使自诩洒脱清高的苏东坡，不一样写下这样的《洗儿》诗，曰：“人皆养子望聪明，我被聪明误一生。惟愿孩儿愚且鲁，无灾无难到公卿。”自己做得无比清逸，却希望孩子做一个富贵愚人。矛盾吗？我说不矛盾。不矛盾吗？我又觉得有点不对。彷徨犹豫的心情以致我没有办法教孩子读书了，我怕他看到范滂的故事，问我，如果他当范滂，我愿不愿意。

范滂临刑的时候，对自己的孩子说：“坏事是不能做的，但我一辈子没有做过亏心的事，却得到了这样的下场。我真的不知道该怎么教育你了！”

唉，心痛得已经没有办法再写了。

庚戌岁九月中于西田获早稻

人生归有道①，衣食固其端。
孰是都不营，而以求自安？
开春理常业，岁功聊可观②。
晨出肆微勤，日入负耒还③。
山中饶霜露，风气亦先寒。
田家岂不苦？弗获辞此难。
四体诚乃疲，庶无异患干。
盥濯息檐下，斗酒散襟颜④。
遥遥沮溺心，千载乃相关⑤。
但愿长如此，躬耕非所叹。

【注释】

①有道：有常理。固：本、原。端：始、首。这两句是说，人生总归有常道，而衣食是人类赖以生存的首要条件。

②常业：日常事务，这里指农耕。岁功：一年的收成。聊：勉强。聊可观：勉强可观。

③肆：操作。肆微勤：微施勤劳。耒：耒耜，即农具。这两句是说早晨出去从事轻微的劳动，晚上扛着农具回来。

④盥(guàn)：洗手。濯：洗。襟颜：胸襟和面颜。

⑤沮溺：长沮、桀溺，孔子遇到的“耦而耕”的隐者（见《论语·微子》）。乃相关：乃相符合。这两句是说千年以前的隐者长沮、桀溺的心思，竟能和自己的怀抱相投合。

【品读】

做过农民的人都知道农民真的很辛苦。日出而作，日入而息，貌似非常洒脱，换你干不干？一天可以的话，一个月呢？一个月可以的话，一年呢？一年可以的话，十年，一辈子呢？

长沮、桀溺在地里干活，真的悠闲自得吗？我觉得是一种无奈的选择吧！他们对子路说，贵老师是知“道”者，你去问他出路在哪吧！我的老师不管我了，我只能埋头干活。这不是洒脱，是忧伤。天下滔滔，个人的力量真的太渺小，螳臂当车，只能是粉身碎骨。你难道不怕吗？孔子怃然不乐，不是因为被嘲讽，而是听出了弦外之音。陶渊明感受到了长沮、桀溺的心意，我明白了孔子的情怀，原来是一样的不快乐，只能对着电脑，跟陶渊明慢慢诉说。

有人说你写获稻应喜，你却没有写一个喜字，耐人寻味；有人说你写“盥濯息檐下，斗酒散襟颜”，是体会到了淡泊的宁静，暂且偷生的欣慰。我读这诗却感觉到你很落寞、很悲凉、很无奈。我想起我父亲年轻的时候不擅长农活，就有人指责他：“连干农活都不行，怎么养活家人？”我想起父亲每天辛苦耕耘之后，光着膀子在煤油灯下学习，我奶奶心疼地在旁边扇扇子赶蚊子；我想起我母亲早上起来做饭，我和哥哥拉着她的衣襟，舍不得她立刻就得去地里干活。谁不知道享受天伦之乐？不知道追求悠闲的生活？但农民不可以，一日不作，一日不食。甚至一年的辛苦耕耘，大部分的粮食还会被送到城里支援建设，而我们只能到地里捡点残余的玉米，挖点剩下的地瓜。陶渊明真的想当农民吗？他不想，但他只能当农民，因为还有更让他不能适应的环境，不能相处的人事，不能应对的困难。

孔子可以“知其不可而为之”，那是因为他的心理承受能力太强，能力越大，责任越大，但看着他如丧家之犬的落寞背影，心里的哀伤是难以抑制的。固然可以将一生都奉献给这一片土地，但真的是我所希望的吗？我真的没有梦想了吗？一般农夫可能会获早稻而喜，这却不是农民陶渊明的幸福。

长沮桀溺，你们叹息什么呢？埋怨什么呢？子路问路，你可以说不知道，“耰而不辍”，可你讽刺什么呢？说那么多干什么呢？唉，陶渊明，获早稻不喜，你在想什么呢？天下无道久矣，先师遗训，你真的忘记了吗？

咏荆轲

燕丹[1]善养士，志在报强嬴[2]。
招集百夫良，岁暮得荆卿[3]。
君子死知己，提剑出燕京；
素骥鸣广陌，慷慨送我行。
雄发指危冠，猛气冲长缨。
饮饯易水上，四座列群英。
渐离[4]击悲筑，宋意[5]唱高声。
萧萧哀风逝，淡淡寒波生。
商音更流涕，羽奏壮士惊[6]。
心知去不归，且有后世名。
登车何时顾，飞盖入秦庭。
凌厉越万里，逶迤过千城。
图穷事自至，豪主正怔营。
惜哉剑术疏，奇功遂不成。
其人虽已没，千载有余情。

【注释】

①燕丹：战国时燕王喜的太子，名丹。

②强嬴：秦国。

③荆卿：指荆轲。荆轲：战国时卫国人，为燕太子丹报仇，以送地图为名，藏匕首刺秦王，不成被杀。

④渐离：高渐离，战国时燕国人，与荆轲友善，善击筑（古时的一种乐器）。

⑤宋意：燕国的勇士。

⑥商音、羽奏：商声和羽声。商声凄凉，羽声较激昂。

【品读】

平淡有至味，凡俗哪能知？《咏荆轲》之诗，世人嘉其志。可是，此诗吟咏再三，即知陶公恨已不能为荆轲刺天下之俗耳，醉翁之意本不在酒。朱熹说："渊明诗，人皆说平淡，余看他自豪放，但豪放不觉耳。其露出本相者，是《咏荆轲》一篇。平淡的人如何说得这样语言来？"

世人只看渊明的表面，贤达可以理解渊明的思想。豪放本来就是渊明的志气，只是拘于凡俗的力量，不得不归于平淡，不得不归于田园。但千里马虽然可以曳车于泥中，偶遇伯乐抚颈大哭，也可以长啸干云。燕雀安知鸿鹄之志，朱圣人说渊明豪放，但世人不觉耳，说得非常好。

渊明于俗务，宛若荆轲于秦王，不得不刺，不得不败。在渊明来说是性情缺陷，在荆轲来说是剑术不精。虽然他们都能义无反顾地做出选择，舍生取义，安贫乐道，勇于面对自己，但更加悲哀的是，这其实就是一个死局。

秦灭六国已经是天下大势，秦王嬴政甚至也成了棋子，荆轲就算成功了，也改变不了燕国灭亡的结局，快意恩仇只能得到一时的虚幻。这才是最残酷的，这才是陶渊明不愿意面对的。世俗化的过程真的没有办法补救了吗？是。

陶渊明咏荆轲，是一种幻想，也是一种愿望，更是一种努力。不过结局已经注定，过程是什么样子，又有什么关系呢？这种悲伤促生的豪放，何止是豪放，而且还有无尽的悲凉吧？飞蛾扑火，明明知道结局，却义无反顾，不为别的，而是我只能这么做。

大概荆轲也体会到这种情感了，所以才唱曰：“风萧萧兮易水寒，壮士一去兮不复还。”只看到豪放，看不到悲凉，不会写出《咏荆轲》这样的诗来。

读山海经其一

孟夏[1]草木长，绕屋树扶疏[2]。
众鸟欣有托，吾亦爱吾庐。
既耕亦已种，时还读我书。
穷巷隔深辙[3]，颇回故人车。
欢然酌春酒，摘我园中蔬。
微雨从东来，好风与之俱。
泛览周王传[4]，流观山海图[5]。
俯仰终宇宙，不乐复何如！

【注释】

①孟夏：初夏，农历四月。

②扶疏：枝叶繁茂貌。

③穷巷：陋巷。 隔：隔绝。 深辙：大车所扎之痕迹，此代指贵者所乘之车。

④周王传：指《穆天子传》，写有关周穆王的有关传说。

⑤山海图：《山海经图》。古人疑《山海经》依图画而述之。

【品读】

问：你喝酒吗？不。你吃肉吗？不。你抽烟吗？不。你唱歌吗？不。不喜欢吃，不喜欢玩，不喜欢穿，你生活有乐趣吗？有，我爱读书。陶渊明说：“爱读书，不求甚解。”我爱陶渊明。

读书可以忘忧，但是读书的环境还是要以舒适为佳，不用学习伟人专门到城门楼上读书，他不是在读书，他是在修炼内功。读书就是读书，会有一种单纯的快乐弥漫在身体里，我没有办法告诉你，但我一想起来，就会忍不住微笑，忍不住想对你说。

世俗人期望的是红袖添香夜读书，还是欲望太多了。读书是没有功利的享受，得有宽阔的胸怀才能理解。陶渊明欣慰众鸟有托，然后才说爱自己的茅庐。一如杜甫的草堂被大风吹翻了屋顶，他想的却是“安得广厦千万间，大庇天下寒士尽开颜”。读书人的胸怀是体会读书之乐的根本，如果满足于女人和情趣，太小的境界，不足以论读书。

不过，每个人读书的体会不一样，形式总是外在的表象。陶渊明喜欢在温暖的季节、农余的清闲、无人打搅的情况下，弄点新酿的好酒，园子里摘点新鲜的有机菜，然后读书，仿佛能感觉到好风习习，好雨迷迷，这是因为读书时会有一种凉爽从心里发散，遍布宇宙虚空。清净自如的本性如纯洁无染的莲花在微风细雨中摇曳，太美了。

现在哪有他那样的条件？空气污染得呼吸都能感到苦涩，蔬菜都是农药催肥的结果，农村人惊讶城里人身体健硕，虫子都不敢吃的蔬菜他们吃了没事。所以相对于古人，我们可以被称之为“药人”。武侠小说中总有这样的故事，恶毒的反派总是喜欢用毒药炮制人，使之作为工具，简称“药人”。

唉。我是一个逐渐恢复神智的“药人”，虽然没有陶渊明那么高的境界，但读书的快乐我能体会到，对我恢复健康有很大的好处。我想在一个随处都有书的房子里，有一个女人在忙前忙后，却不一定要跟我说话，我想喝水的时候她就过来倒茶，想读书给她听的时候她就依偎在我的怀里，想要灵感的时候她能帮助我放松身体和思想。不要添香了，不必要在深夜，不需要特别漂亮，我只是希望她能默默地在那，守着我，类似于胰岛素，我的血糖高的时候，她能帮助我安静下来。她是我的希望，更是我的依赖。

我依赖她的存在，一如我依赖书的存在。我读书虽然不多，但也希望多少年之后，会有一双美丽的手拂去我墓碑上的尘埃，读着我留下的字：我是个爱读书的人。然后她也能微微地笑起来，说：我也爱读书。

这种快乐，想想就已经很满足和幸福了。

读山海经其七

精卫衔微木，将以填沧海①。
刑天舞干戚，猛志固常在②。
同物既无虑，化去不复悔③。
徒设在昔心，良晨讵可待④。

【注释】

①精卫：古代神话中鸟名。据《山海经·北山经》及《述异记》卷上记载，古代炎帝之女精卫，因游东海淹死，灵魂化为鸟，经常衔木石去填东海。衔：用嘴含。微木：细木。

②刑天：神话人物，因和天帝争权，失败后被砍去了头，埋在常羊山，但他不甘屈服，以两乳为目，以肚脐当嘴，仍然挥舞着盾牌和板斧。(《山海经·海外西经》)干戚：盾斧。

③同物：精卫既然淹死而化为鸟，就和其他鸟相同，即使再死，也不过从鸟化为另一种物，所以没有什么忧虑。化去：刑天已被杀死，化为异物，但他对以往和天帝争神之事并不悔恨。

④徒：徒然、白白地。在昔心：过去的壮志雄心。良晨：实现壮志的好日子。讵：岂。这两句是说精卫和刑天徒然存在昔日的猛志，但实现他们理想的好日子岂是能等待得到！

【品读】

庄子是中国文化中超一流的文人，他说的很多话都是经典中的经典。以前我读苏东坡的《前赤壁赋》："盖将自其变者而观之，则天地曾不能以一瞬；自其不变者而观之，则物与我皆无尽也。"赞叹不已。我父亲就说，你去读读庄子，这是庄子的思想。庄子是这么说的："自其异者观之，肝胆楚越也；自其同者视之，万物皆一也。"苏东坡太聪明了，对于经典的运用可以说到了水乳交融、难分彼此的境界。

陶渊明也是中国文化中一流的文人。所以，虽然世人多以为这首诗是在赞许精卫刑天，我却不这么想。我是陶渊明，绝对不会如此荒唐，把读后感写成奖状，那还不如不写。事实上精卫、刑天并没有什么可以嘉许的事迹，一个是游泳淹死，一个是犯罪受罚，可能有些委屈，但命运的无常每个人都会碰到，关键是看怎么对待。苏东坡被关进大牢，天天睡得很香，皇帝就说这个人在这样的环境下还有这么大的心量，肯定没有妄想。而精卫和刑天这样的人，天天喊着冤枉，天天闹着平反，其实还是境界太低、我执太旺的缘故，不值得推崇。我不喜欢，陶渊明更不会喜欢。

陶渊明说："同物既无虑，化去不复悔。"如果世界万物都是一体的，那么就算变成一只小鸟，失去了头颅有啥可后悔的呢？当了鸟可以到处飞，逛公园再也不用花钱买门票，去三亚不用坐飞机，不是很好的事吗？刑天是神仙，没了头一样过日子，离开了天庭，在荒野无人的地方还落个清闲，干吗那么多不平，非要斗个你死我活的呢？

陶渊明说："徒设在昔心，良晨讵可待。"他想表达的应该是自己的判断了，他认为心态决定生活的境界。“过去心不可得，现在心不可得，未来心不可得”，执着于过去，不是很愚昧吗？精卫、刑天的形体已然变化了，还一定要坚持过去的心思，那不是自讨苦吃吗？如果仅仅是自讨苦吃，还没有什么关系，真要是把大海填平了，那我这喜欢看大海、在海滩上晒太阳的人又该不满意了。

所以，还是平常心看待变化，坦然享受当下，这才是智慧啊！

癸卯岁始春怀古田舍之二

先师有遗训，忧道不忧贫①。
瞻望邈难逮，转欲志长勤②。
秉耒欢时务，解颜劝农人③。
平畴交远风，良苗亦怀新④。
虽未量岁功，即事多所欣。
耕种有时息，行者无问津⑤。
日入相与归，壶浆劳近邻。
长吟掩柴门，聊为陇亩民⑥。

【注释】

①先师：对孔子的尊称。遗训：留下的教诲。忧道不忧贫：这是《论语·卫灵公》中孔子的话："子曰：君子忧道不忧贫。"这两句是说孔子有遗训：君子只忧愁治国之道不得行，不忧愁自己生活的贫困。

②瞻望：仰望。邈：遥远。逮：及。勤：劳。长勤：长期劳作。这两句是说孔子的遗训可望而不可及，因此转而下决心长期耕作，借以解除目前生活的贫困。

③秉：手持。耒（lěi）：犁柄，这里泛指农具。时务：及时应做的事，指农务。解颜：面呈笑容。劝：勉。这两句是说手拿农具

高兴地去干活，笑语勉励农民从事耕作。

④畴：田亩。平畴：平旷的田野。交：通。苗：指麦苗，是“始春”的景象。怀新：指麦苗生意盎然。这两句是说平旷的田野有远风吹过，美好的麦苗生意盎然。

⑤行者：行人。津：渡口。行者问津：用长沮、桀溺的事。《论语·微子》云：“长沮、桀溺耦而耕。孔子过之，使子路问津焉。”长沮、桀溺是古代的隐士。作者以沮、溺自比，意思是在耕作休息时，没有孔子那种有志于治理社会的人来问路。言外之意是今天没有“忧道不忧贫”的人。

⑥聊：且。陇亩民：田野之人。这句和上句是说吟咏着诗关上柴门，聊且做一个像长沮、桀溺那样的农民吧！

【品读】

读到这首诗我非常快乐，陶渊明的快乐感染了农具、农夫，感染了吹过的风、地里刚刚长成的苗，也感染了千载之后读此诗的我。

朱自清说陶渊明伟大是因为“浑身肃穆”，鲁迅说不对，还有“金刚怒目”，我说其实还有“快乐幸福”。说“浑身肃穆”是因为尊重，说“金刚怒目”是因为需要，说“快乐幸福”是因为真心亲近。因为亲近所以希望他快乐，因为他的快乐所以能发现自己的快乐。

陶渊明调侃孔子的“君子忧道不忧贫”，说自己做不到，要去种地发财，种地真得能发财吗？我这样的农民就会说：“屁，只有炒资本、搞地产、当大官、脱衣服的才能挣大钱。”陶渊明听了一定哈哈大笑。他能调侃孔子，我当然也能调侃他。整首诗我们看到的就是一个安贫乐道的人，偏偏他自己说不是，非要说自己不能贫穷，不能听孔子的。我想，如果这时候有人采访陶渊明，问："你幸福吗？"他肯定会说："我姓陶。"

这个答复堪称经典。当年庄子和惠子的濠上对答也不过如此。庄子知道游鱼的快乐，是因为庄子自己快乐，惠子不明白其中的缘故是因为惠子自己不快乐。苏东坡评"平畴交远风，良苗亦怀新"说："非古之耦耕植杖者，不能道此语；非世之老农，不能识此语之妙。"他又不是老农，怎么知道了这句诗的妙处呢？苏东坡会不会回答："我读诗的时候知道的"呢？

我还是跟在孔子后面老老实实地走吧！因为这样才不会妨碍我感受他们的快乐呀！

乞食

饥来驱我去，不知竟何之？
行行至斯里，叩门拙言辞。
主人解余意，遗赠岂虚来。
谈谐终日夕，觞至辄倾杯。
情欣新知欢，言咏遂赋诗；
感子漂母惠①，愧我非韩才。
衔戢知何谢，冥报以相贻。

【注释】

①漂母惠:《史记·淮阴侯传》记载，韩信“钓于城下。诸母漂，有一母见信饥，饭信。信曰：吾必有以重报母”。

【品读】

陶渊明曾经穷得没有饭吃。自己一个人还好办，可以躺在床上挨饿。但是一家人怎么办？一家之主还是要有些责任感的，于是有此诗。

老虎舔自己的伤口，不是因为自虐，而是希望能尽快复原。陶渊明写《乞食》这类的诗歌，不是为了立志，而是为把这些经历记录下来，使后来的人可以了解他，知道他一些选择是无奈的，是必须的，是真诚的。苏东坡没有这样的经历，轻易地评价这首诗说，陶渊明在此因为一顿饭就要来世相报，很像乞丐们顺口说的感谢语。这话说得太伤人，我读了之后都不免想问问苏东坡：有没有在灯下写字的时候，忽然看见朝云在身边，忽然可以抚慰下她，挽着她的手，说一声“谢谢”呢？苏东坡对过去未来所有事情都那么多情，唯独对这个据说是唯一了解他、伺候着他的女人却那么轻视，是不是他自己其实是个貌似多情、实则寡义的男人呢？

不过也不怪苏东坡不能理解，他有好父母，有好弟弟，有好老婆，还有好儿子，仕途虽不顺利，但还算得意，一生声名显赫，更关键的是生活在一个尊重文化的朝代，国家相对安定，所以他走到哪都有人捧着，自然不理解一个人在战斗的陶渊明是如何艰辛。

据说陶渊明曾经躺在床上捱饿，檀道济送来酒肉，但他却“麾而去之”（萧统《陶渊明传》）。要面子会害死人，陶渊明在别的诗中说过：“嗟来何足吝，徒没空自遗。”我听说美军解放了集中营的时候，很多犹太人没有死于德军的摧残，却死于美军面包，固然有肠胃已经不适应暴饮暴食的缘故，更多的还是束缚一旦失去，欲望占据了上风。这个时候才能看出一个人的操守来。

陶渊明去要饭，非常非常难受，幸亏主人非常体贴，给足了面子，还补贴了家用，更要紧的是谈起了陶渊明更擅长的诗词歌赋，这让陶渊明忘记了羞愧，感受到了温暖。一个人在最落寞穷困的时候，忽然有人能援之以手，甚至仅仅是一句暖人心的话、一个同情的眼神，当事人都会非常感激。何况是敏感的文人陶渊明呢？他激动得语无伦次，说要来生相报，不是为了那一点点的粮食，而是为那种情义和体贴带来的温暖。苏东坡能量强大，总是给人带去温暖，他不觉得这种温暖稀奇，但任何经历过最底层生活的人，都能理解陶渊明。

选这首诗也不是为揭开陶渊明的伤疤，而是告诉读者，宽容和理解是多么宝贵。陶渊明也没有食言，他的这位朋友因此被千载之后的我还非常尊重。相信很多人都希望有这样的朋友，而非斤斤计较的人吧？！

拟挽歌辞三首其三

荒草何茫茫，白杨亦萧萧。
严霜九月中，送我出远郊。
四面无人居，高坟正嶕峣[①]。
马为仰天鸣，风为自萧条。
幽室[②]一已闭，千年不复朝。
千年不复朝，贤达无奈何！
向来[③]相送人，各自还其家。
亲戚[④]或余悲[⑤]，他人亦已歌[⑥]。
死去何所道[⑦]，托体同山阿。

【注释】

①嶕峣（jiāo yáo）：很高的样子。

②幽室：指坟穴。

③向来：刚才。

④亲戚：有血缘关系的亲人。

⑤或余悲：也许有些人还有悲伤。

⑥亦已歌：也开始唱歌了。

⑦何所道：有什么可说的呢？

【品读】

人之将死，其行也哀，其言也善。自己给自己写挽歌，不是因为豁达，而是因为放弃，抑或是因为期待。期待来生，是因为此生没有什么乐趣可言。可是来生就一定比此生幸福吗？陶渊明此组挽歌写就之后，一个月左右就驾鹤而去。

我所期待的死亡是美好的：她在屋子里忙前忙后，我坐在沙发上披着被子晒太阳，浑浊的眼睛已经不足以长时间读陶渊明的诗歌，但到了挽歌的时候，忽然有一种叹息，然后就睡着了。她虽然忙碌却总是会随时观察我。她以为我睡着了，就没有打搅。只有在书掉落地上的时候才过来，轻轻捡起书，轻轻拉我的手，说我们该休息了。然后她会发现我已经休息了，轻轻地叹息，她会把被子的一角掖好，然后俯身躺在我的身旁。微风吹拂我们的白发，阳光洒在我们俩身上。风轻日暖，百花清香。你就这么跟我去，好吗？

陶渊明没有陪伴的人，所以他的死亡是另外一种洒脱，他设想的场景总是不免有些凄凉，甚至最后“托体同山阿”说的也不是洒脱，而是放弃。放弃就是解脱，是一种终于完成任务之后的松懈。世人惧死恋生，是因为执着于外物的迷惑，而透过所有的表象看到世界的本来面目之时，死亡就显得不过如此。

一个人一生的苦难太多，要承受的压力就会很大，而如果他有一颗不屈世俗的心，那么精神的张力也会非常巨大。结果，心里的张力和外界的压力挤压在一个区区肉体之内，这个人应该怎么样的生活？生或者死，从来都不是最困难的选择，我们需要在生死之间保持着清醒和洒脱。这不是一般人能理解和做到的。

有人说这首诗写出了陶渊明对人情世故的观察透彻，这是无聊的诗评。如果陶渊明有这样的觉悟就不会如此潦倒生活。人情世故不是我们要去了解的，我们需要明白的是道而非情，是理而非事。世故是一个贬义词，理解它没有什么意思。陶渊明不会屑于此道，我也不会。

至于送葬场景的描写，不过是理应如此而已。

陶渊明年表

晋穆帝永和八年壬子(352),陶渊明生于浔阳县上京里“园田居”。

晋穆帝永和十一年乙卯(355),陶渊明4岁。程氏妹生。

晋穆帝升平三年己未(359),陶渊明8岁。父亲去世。

晋哀帝兴宁元年癸亥(363),陶渊明12岁。庶母去世。

晋孝武帝太元五年庚辰(380),陶渊明29岁。被征召为江州祭酒,不堪吏职,自解归。州召主簿,不就。作《劝农》。

晋孝武帝太元六年辛巳(381),陶渊明30岁。妻子去世。

晋孝武帝太元九年甲申(384),陶渊明33岁。娶继室。

晋孝武帝太元十一年丙戌(386),陶渊明35岁。长子陶俨出生。

晋孝武帝太元十三年戊子(388),陶渊明37岁。次子陶俟出生。

晋孝武帝太元十四年己丑(389),陶渊明38岁。三子陶份、四子陶佚出生。作《命子》。

晋孝武帝太元十六年辛卯(391),陶渊明40岁。作《荣木》。

晋孝武帝太元十七年壬辰(392),陶渊明41岁。丧妻。后,再娶。

晋孝武帝太元十九年甲午（394），陶渊明43岁。幼子陶佟出生。

晋孝武帝太元二十一年丙申（396），陶渊明45岁。作《和郭主簿》。

晋安帝隆安元年丁酉（397），陶渊明46岁。作《拟挽歌辞三首》。

晋安帝隆安二年戊戌（398），陶渊明47岁。入江州刺史桓玄幕府。

晋安帝隆安四年庚子（400），陶渊明49岁。奉桓玄之命出使建康。5月拟从建康返回浔阳探视家眷，在规林受阻，作《庚子岁五月中从都还阻风于规林二首》。5月下旬回到家中，不久即到荆州述职。是年冬，陶渊明回浔阳休假。

晋安帝隆安五年辛丑（401），陶渊明50岁。作《游斜川》诗并序。不久返回荆州江陵桓玄幕府。7月初，回浔阳探视母亲病情，七月末返江陵。在途中作《辛丑岁七月赴假还江陵夜行涂口》。是年冬，母亲孟氏去世。陶渊明回浔阳居丧。作《责子》。

晋安帝元兴元年壬寅（402），陶渊明51岁。作《晋故征西大将军长史孟府君传》。

晋安帝元兴二年癸卯（403），陶渊明52岁。作《癸卯岁始春怀古田舍二首》、《癸卯岁十二月中作与从弟敬远》。

晋安帝元兴三年甲辰（404），陶渊明53岁。任镇军将军刘裕参军，自浔阳至京口，途中作《始作镇军参军经曲阿》。

晋安帝义熙元年乙巳（405），陶渊明54岁。春，改任建威将军、江州刺史刘敬宣参军，3月，奉刘敬宣命到建康上《求解职表》，经过钱溪时作《乙巳岁三月为建威参军使都经钱溪》。刘敬宣被免职后，陶渊明辞职回到家中。8月，陶渊明为彭泽令，在官八十余日，作《杂诗十二首》。11月，程氏妹丧于武昌，自免职奔丧，作《归去来兮辞》，归隐田园。

晋安帝义熙二年丙午（406），陶渊明55岁。迁回到上京里“园田居”，以耕读为生。作《归园田居五首》、《归鸟》、《酬刘柴桑》、《读〈山海经〉十三首》。

晋安帝义熙三年丁未（407），陶渊明56岁。作《祭程氏妹文》。夏，作《连雨独饮》诗。秋，作《与子俨等疏》。

晋安帝义熙四年戊申（408），陶渊明57岁。6月，“园田居”发生火灾，陶家暂住舫舟中，陶渊明作《戊申岁六月中遇火》。夏末，移居南村，陶渊明作《移居二首》。

晋安帝义熙五年己酉（409），陶渊明58岁。作《和刘柴桑》诗，婉言拒绝了刘遗民约他上庐山隐居的邀请。重阳节，作《己酉岁九月九日》诗。

晋安帝义熙六年庚戌（410），陶渊明59岁。作《庚戌岁九月中于西田获早稻》。

晋安帝义熙七年辛亥（411），陶渊明60岁。8月，陶渊明从弟陶仲德去世，陶渊明作《祭从弟敬远文》。

晋安帝义熙九年癸丑（413），陶渊明62岁。有感于慧远法师在庐山立佛影台及刘遗民等结白莲社事，作《形影神》诗。

晋安帝义熙十一年乙卯（415），陶渊明64岁。春，陶渊明迁回园田居，作《还旧居》。朝廷征召陶渊明为著作郎，陶渊明称疾不到，与刘遗民、周续之并称“浔阳三隐”。作《五柳先生传》。

晋安帝义熙十二年丙辰(416)，陶渊明65岁。作《示周续之祖企谢景夷三郎》。

晋安帝义熙十三年丁巳(417)，陶渊明66岁。左将军府长史羊松龄奉命出使长安祝贺北伐大捷，陶渊明作《赠羊长史》送别。作《饮酒十二首》。

晋安帝义熙十四年戊午(418)，陶渊明67岁。江州刺史王弘与陶渊明有交往，陶渊明有《止酒》诗。冬，陶渊明闻刘裕废立皇帝事，作《岁暮和张常侍》。

宋武帝永初元年庚申(420)，陶渊明69岁。6月，陶渊明闻刘裕篡位称帝，更名陶潜。秋，王弘送豫章太守谢瞻赴任、西阳太守庾登之回京，在湓口南楼摆宴饯行，邀陶潜参加，陶潜即席作《于王抚军座送客》诗。是年，作《怨诗楚调示庞主簿邓治中》、《读史述九章》。

宋武帝永初二年辛酉(421)，陶渊明70岁。陶潜闻刘裕派人杀害零陵王司马德文，作《述酒》诗。

宋武帝永初三年壬戌(422)，陶渊明71岁。作《桃花源记并诗》。

宋少帝景平元年癸亥(423)，陶渊明72岁。作《答庞参军》诗五言及四言。

宋文帝元嘉二年乙丑(425)，陶渊明74岁。作《咏贫士七首》。

宋文帝元嘉三年丙寅(426)，陶渊明75岁。作《有会而作》、《乞食》。

宋文帝元嘉四年丁卯(426)，陶渊明76岁。檀道济到陶潜家中延请陶潜出仕，被陶潜拒绝，所送梁肉陶潜命人送还。9月，陶潜作《自祭文》。冬，陶潜病逝，葬于南山陶氏宗墓。颜延之作《陶征士诔并序》，私谥“靖节”。

（本年表参考袁行霈：《陶渊明集笺注》，中华书局2011年3月版）

图书在版编目（CIP）数据

读诗·陶渊明 / 陈文璟疏讲. — 北京：文化艺术出版社，2014. 5
ISBN 978-7-5039-5313-2

Ⅰ. ①读… Ⅱ. ①陈… Ⅲ. ①陶渊明（365 ~ 427）—
诗歌欣赏 Ⅳ. ①I207.22

中国版本图书馆CIP数据核字(2014)第064934号

读诗·陶渊明

书法作者　陈玉圃
疏　　讲　陈文璟
责任编辑　潘　艳
装帧设计　马夕雯
出版发行　文化艺术出版社
地　　址　北京市东城区东四八条52号（100700）
网　　址　www.whyscbs.com
电子邮箱　whysbooks@263.net
电　　话（010）84057666（总编室）　84057667（办公室）
　　　　　84057691—84057699（发行部）
传　　真（010）84057660（总编室）　84057670（办公室）
　　　　　84057690（发行部）
经　　销　全国新华书店
印　　刷　三河市国英印务有限公司
版　　次　2014 年 5 月第 1 版
印　　次　2014 年 5 月第 1 次印刷
开　　本　635 毫米 × 965 毫米　1/32
印　　张　3.75
字　　数　15千字
书　　号　ISBN 978-7-5039-5313-2
定　　价　18.00 元